启真馆 出品

守书人
PHILOBIBLON

俞晓群

著

枕乡集

浙江大学出版社

图书在版编目（CIP）数据

杖乡集 / 俞晓群著 . —杭州：浙江大学出版社，
2017. 5
ISBN 978-7-308-16767-3

Ⅰ.①杖… Ⅱ.①俞… Ⅲ.①随笔—作品集—中国 —
当代Ⅳ.①I267.1

中国版本图书馆CIP数据核字（2017）第061414号

杖乡集

俞晓群 著

责任编辑	周红聪
文字编辑	于佳仁
出版发行	浙江大学出版社
	（杭州天目山路148号 邮政编码310007）
	（网址：http://www.zjupress.com）
印　　刷	北京中科印刷有限公司
开　　本	787mm×1092mm　1/32
印　　张	7.5
字　　数	102千
版 印 次	2017年5月第1版　2017年5月第1次印刷
书　　号	ISBN 978-7-308-16767-3
定　　价	49.00元

序："三栖"达人俞晓群

沈昌文

我结识俞晓群，起因于读了并在三联书店主持出版了他的学术大著:《数术探秘》。了解情况的人知道，我说这话是有点夸大其词的。我从来也不懂什么是"数术"。当年在三联书店，我有几个依靠。出版中国学术著作，靠潘振平;出版中国文艺作品，靠吴彬。他们说的有关意见，我万般听从，并拿来到处卖弄，使我觉得我好像是个行家。潘振平向我推荐了中国数学史专家俞晓群，我自然笃信无疑。

到我从三联退出以后，我才真正见到俞晓群。那个俞晓群，在出版方面迭有新见。那时最让我惊诧的是他对王云五的看法。我成长于"金圆券"时代，以后又常年接触三联书店的许多长者，自然对这位王先生颇多歧见。但俞晓群让我对王云五真正信服了。在俞晓群主持"海豚"以后，他又推荐了丰子恺等名家。特别是金庸。我以为我对金先生的了解和推介是最早的。读了海豚版的陈墨先生大作后，才对这位大家有真正的全面了解。我向晓群介绍过蔡志忠，他很欣赏蔡作，为蔡作的出版出了许多力。

当然，我现在最欣赏的还是晓群兄的"第三栖"：随笔写作。现在这本书里，就是他近期"第三栖"的成果。随笔写作，听起来很轻松，其实很不简单。我有幸见过俞老弟的一些笔记，知道他每天工作之余，要写出不少感慨心得，绝不轻易放过。

我认识不少学人，知道对他们来说，这几个方面都是有机结合的。艺术界的各位著名"三栖"大佬，影、视、歌三者都紧密地合在一起。现在最时髦的年轻朋友，书本、电脑、拇指三栖，三者结合得更密切。俞晓群的三栖想来自然不例外。不过我限于能力，无法叙述。告诉大家一个情况：上海《东方早报》的《上海书评》，我每次收到，都要先看第一版的推介要目。一见到有俞晓群大名，就忙不迭地找来看。一看之下，发现是他老兄"一栖"的大作，赶紧放下。我这时想到的不是俞晓群，而是几十年前的老同事潘振平老兄。他不在身边，我就无法理解俞老弟的这"一栖"了。

请上帝再让我活几十年，让我可以再全面地来紧跟俞晓群的"三栖"吧！

二〇一六年十一月

序

杨小洲

晓群近几年写著颇丰，每岁皆有文字结集成书。按他自述此生作为意在远追王云五、近学沈昌文，也往往正话反说，跪着造反，纵横挥洒，绵里藏针。因此他的文章意到而笔未至，诡诘多变，珠胎暗结，兴致之余，叙述、描绘、阐释、辨析、凝重、抒情、油滑、轻佻，都作尝试，下笔千言，倚马可待。这需要大智慧，也需怀小诡计，是传统中磅礴风云起于温柔乡，意犹未尽，纸上明月。江都俞氏本为望族，家风传代，文气绵延，仰于斯，江南之才与关北霄汉集于身，是有出版与著述之成就。今晓群已入花甲，《礼记·王制》："五十杖于家，六十杖于乡，七十杖于国，八十杖于朝，九十者，天子欲有问焉，则就其室"，杖乡之年，此《杖乡集》结去年所写随笔，贺晓群寿。

丙申冬小洲识于北京

目录

《鲁拜集》：随着泰坦尼克号沉没

一九一二年四月，泰坦尼克号巨轮在北大西洋沉没。英国《帕尔摩报》对这起沉船悲剧作了连篇累牍的报道，据称所耗费的纸张平铺起来，能覆盖几英里的土地。其中有一篇题为《丢失的艺术珍品》的文章，文中谈到，船上有一本号称当时世界上最昂贵的书《鲁拜集》，不幸沉入海底。这本书上镶嵌着一千零五十颗宝石，是"史无前例的装帧艺术典范"。

那么，它是一本什么书呢？《鲁拜集》是十二世纪波斯诗人奥玛·海亚姆的一本诗集，Ruba'i在阿拉伯语中意思是"四"，这里是指两行一组的诗体。一八五九年英国人爱德华·菲兹杰拉德将其译成英文，并于此后不断添修，使这本书名声大噪，各种版本纷纷出笼。泰坦尼克号上那本《鲁拜集》，其底本是一八八四年美国波士顿霍顿·米福林公司出版的，对开本，伊莱休·维德绘画，只印一百部。当时伦敦萨瑟伦书店进了几本销售，被书籍装帧家弗朗西斯·桑格斯基见到，他决心以此为底本，装帧出一部世界上最豪华最富丽的书。在萨瑟伦书店高级职员约翰·斯特恩豪斯私自支持下，桑格斯基用两年时间完成了此事，分别在封面、封底、封二、封三和前后环衬上，实现了他超凡出尘的装帧设计：他们烫金用去了两千五百小时，拼接嵌入四千九百六十七块各种颜色的羊皮，烫有一百平方英尺的金叶脉络，镶嵌一千零五十颗各种宝石。此书首次展出时，标价一千英镑，立即引起轰动。

　　进一步的问题是，这本《鲁拜集》怎么会跑到泰坦尼克号上去呢？正是那次展览之后，一位叫魏斯的美国商人看中了此书，他愿意出八百英镑买下来；但萨瑟伦书店只肯降到九百英镑，结果生意未成。后来萨瑟伦书店认为美国人有钱，欲将此书运往美国展览，却因为征税等原因未能入关，又返回英国。无奈之下，英国佬又找到魏斯，同意以七百五十英镑将此书卖给他；魏斯得寸进尺，将价格压到六百五十英镑，结果还是不欢而散。没有办法，一九一二年三月二十九日，萨瑟伦书店拍卖此书，却赶上工人罢工，经济萧条，魏斯再次趁虚而入，最终以四百零五英镑竞拍得此书。原定四月六日将《鲁拜集》运往美国，因为罢工轮船停运，几经周折，四月十日这本书登上泰坦尼克号。直到此时，英国还有人抗议，认为应该将这部独一无二的艺术品留在英国，但这都无法阻止厄运的降临，四天后轮船撞上一座冰山沉没，那本装在一个橡木盒子中的《鲁拜集》，也随之落入海底。《书籍装帧期刊》写道："当代最豪华的书，与最豪华的邮轮一同沉没于汪洋之中，这也许是它最好的归宿。"

后来怎样了呢？四月二十三日，也就是泰坦尼克号出事十天后，《每日电讯》刊登了设计师桑格斯基所在公司的声明，希望得到委托，"再造一本这样的书"。但是七月一日，更大的不幸发生了。年仅三十七岁的桑格斯基为救一位落水妇女溺水身亡。从此这件事情偃旗息鼓。直到一九二四年，桑格斯基当初的合作者萨克利夫的侄子斯坦利·布雷进入公司学徒，他发现桑格斯基的设计图和烫金版，决心再做一部《鲁拜集》。他独自用七年时间，完成此书。时逢二战爆发，布雷将它放入一个金属箱子里，藏于一个地下室中。没想到一九四一年，德军空袭炸毁此屋，地面上的大火使地下室产生高温，箱子完好无损，书却化为灰烬，只有宝石还在灰烬中。布雷意志坚强，他用这些灰烬中的宝石，又做了一部《鲁拜集》，现存大英博物馆中。（注：后来经过核对，是大英图书馆，不是博物馆，还是董桥说得对。）

它怎么引起我的关注？我久已听说过这个故事，但真正引起我的关注，还是在三四年前。那时我与香港牛津大学出版社合作，做一些模仿西方装帧的书，主要是为董桥出书，由牛津总编辑林道群设计。由此引起我对于西方书装极大的兴趣。恰逢此时，我又遇到台湾出版家吴兴文先生，他知道我的心思，送给我一本台湾版的《鲁拜集》，黄克孙译，算是在我心中留下一点记忆。

去年十月，我安排吴光前、杨小洲去欧洲，重点考察莎士比亚著作的装帧，为我们即将出版的许渊冲新译《莎士比亚全集》准备。临行前，我嘱咐小洲顺带研究一下《鲁拜集》的情况，尤其是泰坦

4

尼克号沉船中那本书的情况。结果他们在伦敦萨瑟伦书店中，发现挂着一张沉船中《鲁拜集》的封面，是彩色复制品，精美至极。强调一下，他们去的这家萨瑟伦书店，正是当年出资制作那本《鲁拜集》的老店。吴杨二位要买那张封面，书店老板说，此图不卖，但是如果你们买一本书Lost on the Titanic（《随泰坦尼克沉没的书之瑰宝》），就可以随书送这张封面画。于是他们买下那本书，也得到了那张《鲁拜集》封面。从此书中可以知道，在桑格斯基遗留的文件中，这幅封面是一张黑白照片，它摄于近一百年前，后来电脑设计师花费几周时间，才根据当时的设计资料和描述，将其色彩恢复出来。

我们该做些什么？伴随着对这本《鲁拜集》一步步深入了解，我的内心中孕育着一个疯狂的想法：我们是否可以将这部奇书复制出来呢？但是还有一个问题需要解决，那就是通过上面的资料，我们虽然基本弄清了装帧的一些事情，可内文是什么样子呢？也就是说，那制作于一八八四年的一百本对开本《鲁拜集》是什么样子呢？恰好此时，杨小洲为莎士比亚的事情，还要去伦敦，行前我再三叮嘱，顺路留心，看能否找到那个对开本《鲁拜集》的踪迹。结果奇迹出现了，当杨小洲再次来到伦敦那家老店——萨瑟伦书店，在谈论莎翁著作之余，他想起我的嘱托，顺便问一下："那本随着泰坦尼克号沉入海底的《鲁拜集》，用做底本的那个复本是否还存在？"书店老板几经踌躇，最终从秘不示人的书柜中，表情凝重地捧出一部对开本《鲁拜集》，他说："就是这本。"当年该店买进几本，现在仅剩下这一本，已经在这里安睡一百多年了。

就这样，我们基本上弄全了资料，现在正在做几件事情：一是翻译出版那本《随泰坦尼克沉没的书之瑰宝》，还有请原书作者来中国演讲，同时向他进一步了解《鲁拜集》的资料；二是将这本一八八四年出版的对开本《鲁拜集》翻印出来，配上郭沫若的译文；三是出版杨小洲《伦敦的书店》，享受他这一番寻书之旅的奇幻经历。

那进一步呢？问题集中在这本豪华之书是否要制作出来。对此，我周围的朋友争议很大，他们大多反对再现此书，主旨是谈我国没有这样的文化传统。不过，更大的心理障碍，还是这部书的传奇故事。当时支持做此书的约翰·斯特恩豪斯就断言："厄运追随着这本书。"上面的故事已经证实了这一点，再往深处思考，《鲁拜集》的本质就有不祥的预兆。中世纪的学者把海亚姆的诗称为"亡命之诗"，像蛇蝎一样的文字，吞噬着伊斯兰教的教义；海亚姆还为此去麦加朝拜。《鲁拜集》英译者菲兹杰拉德也说，它是"死亡和享乐的混合物"。另外，关于随着泰坦尼克号沉入海底的那本《鲁拜集》，它的设计者桑格斯基在书装的创作中，也加入许多令人不安的元素。比如，他在封面上设计了三只孔雀，这已经超出了以往一只、最多两只孔雀的艺术传统。他在封二上，设计了一条蛇，以迎合海亚姆的诗句："你啊，用尘土造了人，天堂孕育了蛇。"他在封三上，设计了一个用白色小牛皮裱贴而成的骷髅头，牙齿则镶的象牙，从头骨眼窝里长出象征死亡的罂粟花，边缘则装饰着罂粟花的结穗果实。

这一切事情都显得那样不祥，使我们至今举棋不定：是再现这本神奇的书，还是到此为止呢？这确实是一个问题。

丛书的前生今世

我国丛书出版历史悠久。一九六九年五月三日，王云五在台湾商务印书馆讲座，题曰"图书的历史"。其中谈到，把"文库"作为"丛书"别称，是他上世纪二十年代的发明；而"文库"一词，最早在《宋史·艺文志》中就有"金耀门内，有文库"。"丛书"一词，最早见于唐代，当时有一部书称为《笠泽丛书》，实际上是一部笔记，虽有丛书之名，而无丛书之实。真的丛书是从宋代开始，最初的名字为《儒学警悟》，其次是《百川学海》，但却是有丛书之实，无丛书之名。后来，王云五从三四千种古代丛书目录中，选出一百种，汇印成《丛书集成初编》，做了前无古人的事情。

回顾我国近百年丛书出版，名目虽多，长命者极少，像西方"企鹅丛书""人人丛书"

（Everyman's Library）和日本"岩波文库"那样，绵延百年，出书数千种，在我国几乎没有。早年值得记忆的丛书，首推商务印书馆"万有文库"，此书第一辑出版于一九二九年，两千册；一九三四年，又出版第二辑两千册，是当时世界上规模最大的丛书，此后再未出版。直到一九六六年，台湾商务印书馆出版"人人文库"，每月二十本，一直出版到一九七四年，一共出版了一千五百多册。一九九六年，辽宁教育出版社追随王云五精神，在陈原、沈昌文、杨成凯和陆灏等策划下，出版"新世纪万有文库"，不到十年之间，出书约六百册，能算是老商务"万有文库"的余绪，已经很好了。

再言王云五，此君堪称"中国丛书出版之父"。他一九二一年出任上海商务印书馆编译所所长，起步就策划了许多丛书，如："百科小丛书""学生国学丛书""国学小丛书""新时代史地丛书""农业小丛书""工业小丛书""商业小丛书""师范小丛书""算学小丛书""医学小丛书"和"体育小丛书"等。晚年王云五回顾自己的出版生涯，自称有三套丛书难以忘怀："万有文库""幼童文库"和"小学生文库"。

下面记录一些当下值得记忆的丛书。我整理这些书目，主要通过三个途径：一是自己读过的书；二是由作者或编者找书；三是由出版社找书。相对而言，我更看重的是出版社品牌，因为许多书往往不仅在一家出版社出版。再者，这里列出某家出版社一二套优秀丛书，其实他们的背后，还有一大批书目支撑着。有些丛书，标志着一家出版社的传统；有些丛书，标志着一家出版社的品位；有些丛书，标志着一家出版社的质量；有些丛书，标志着一家出版社的追求。

商务印书馆的"汉译名著"，早在一九二九年，王云五出任商务印书馆编译所所长时，就曾经编印"汉译世界名著丛书"。中华书局的古籍整理是靠得住的，还有几家如上古、齐鲁、岳麓、浙古等，都有优秀的出版传统。人民文学出版社是文学出版的领头羊，有传统，也有创新。三联书店也是有传统的出版品牌，它的标志是思想解放，乃至个性解放。上海世纪与江苏凤凰的两套文库，对当代学人影响巨大，不可回避。上海译文出版社译书，已经有了金字招牌，也不是一朝一夕的突起；当然，还应当提到译林出版社的崛起。上海书店的小精装名噪一时，现在有海豚出版社"海豚书馆"走向百种，也是对陆灏、王为松、陈子善、傅杰、孙甘露等海派学人，苦心服务读者的慰藉！外文出版社"熊猫丛书"，海外名气要大于国内，需要坚持。另外，还应该提到两家港台出版社，一为香港牛津大学出版社中文人文书，林道群总编辑绵延不断的贡献，总会让内地读者惊喜不断；再一为台湾商务印书馆，他们在拥有版本的品牌价值上，实在大大高于当下诸多时尚品牌的炒作，关键在如何盘活它们。

1．商务印书馆"汉译世界学术名著丛书"

2．中华书局"中国古典文学基本丛书""历代史料笔记丛刊"

3．人民文学出版社"名著名译插图本"

4．三联书店"文化生活译丛"

5．上海世纪集团"世纪文库"

6．上海译文出版社"译文名著文库""译文经典丛书"

7．上海书店"海上文库"

8．凤凰集团"凤凰文库"

9．岳麓书社"民国学术文化名著丛书"

10．外文出版社"熊猫丛书"

11．海豚出版社"海豚书馆"

读书少，为什么？

随着全民阅读日的到来，第十二次全国国民阅读调查数据公布。读这些数据，在我的内心中，总会泛出一种忧心忡忡的感觉。长期以来，我国国民与许多国家比较，一直受到"读书少"的诟病。比如二〇一四年，我国人均纸质书阅读量为四点五六本；而在世界上，平均每年每人读书最多的民族是犹太人，六十四本；平均每年每人读书最多的国家是前苏联，五十五本；美国的全民阅读计划正在进行，平均每年每人读书五十本；日本四十本，法国二十本，韩国十一本。如此的数据比较，当然会让人忧从中来，一个号称历史悠久的文明古国，为什么会有这样的阅读现状呢？

思考起来，原因很多。比如数百年来我国国力衰弱，以及眼下的国力恢复，时日不久；昔日的战争频仍，以及一次次政治运动的影响；我们现行政策的种种偏差，以及人文环境的动荡。这样一些议论已经说了很久，建设性的意见与建议也纷纷出笼，比如提出建立"全民阅读法"，将全民阅读写入政府工作报告，举办各种读书活动等等。但是即使如此努力，我国"读书少"的现实状况，却迟迟得不到扭转，依据上述统计，我国二〇一四年的人均阅读量，竟然又比前一年少了零点二一本。当然这里有网络阅读、手机阅读和各类电子阅读兴起的影响，但这仍然不能减轻我们对于国民阅读状况的担忧与疑虑，总希望能够找到产生这种落差的原因，建立正确的认识，建立起一个解决方案。在这里，我一时也说不清为什么，或者无力对文化发展的现状妄加臆测，一个国家或民族的兴衰，实在是一件极为复杂的事情。但是却可以对作家和政府，提一些具体的建议。

首先说作者，或称文化传播者。我们必须承认，在人类社会进入市场化的今天，作者的评价机制正在发生着深刻的变化。正如丹尼尔·布尔斯廷充满讽刺地定义："名人是因为出名而有名的人"，"好书是因为热销而畅销的书"。在这样的商业环境中创作，传统作家的地位往往十分尴尬，新派写手的状态往往十分张扬，写作者的人员构成越来越复杂，越来越庞大，越来越丧失了作家居高临下的社会地位。受到如此背景的影响，一些写作者的崇高感逐渐丧失殆尽，读书也已经显得不那么高尚了。记得前不久有记者采访，问我为什么人们不爱读书了？我调侃说："因为垃圾书太多了，好书湮没其中，找都找不到。"当然再加上商业驱动的作祟，图书的推介者昧着良心向读者推荐"利益图书"，就更让图书市场乱得一塌糊涂。

当然我们还要振作起来，因为根据后现代性的理论，如此社会现象会持续下去，成为人类文明发展的新常态。因为在全球化、市场化和网络化的社会现状中，文化传播已经逐渐失去了启蒙的功能，个人的主体性越来越明显，个人选择的自由度越来越大，作者与读者的关系，已经由军官与士兵的关系，演变为园丁与蜜蜂的关系，你不能再训导士兵，只能种下花花草草，供蜜蜂（读者）自由采摘。总之，读者不再是社会底层的"群氓"，而是你的"上帝"——顾客！你再居高临下，你再不端正态度，你再不扶正自己的笔尖，迟早会被"顾客"抛弃。而且你失去的不仅是自己的饭碗，更会使我们的"全民阅读"受其影响，走向无奈，走向混乱。在这一层意义上，无论传统作家还是新派写手，都需要自律，需要建立自己的良心底线，需要坚守崇高的精神世界。

其次说政府，或称文化管理者。对文化建设而言，行政管理的存在一定是必要的，而且如果管理部门理顺与文化创作的关系，能够建立起一些好的扶持政策，会对大众阅读起到很大的推动作用。在这里，我们可以讲一段法国政府管理文化的故事，从中获得一些借鉴。十八世纪法国在废除君主制之初，他们赋予文化的使命是启蒙人民，走出愚昧，"文化"是行动和战斗的号角。直到一九五九年，法国才建立文化事务部，第一任部长马尔罗为它赋予的使命是：为创造者提供创造的机会，为艺术家提供精益求精的机会，为人民提供接触优秀艺术的机会。齐格蒙特·鲍曼称赞，当时法国的文化政策，很符合毛泽东那句"百花齐放"的名言。蓬皮杜总统进一步强调："艺术不是一个行政范畴，但却是或应该是生活的框架。"

以上议论，由"读书少"而引发，听起来似乎有些凌乱。但落脚点是清楚的，那就是如何有效地建立起我们的读书生活，使整个国家和民族强大起来！

二十年的记忆

一张报纸，转眼之间已经走过二十年的历程，实在是一件值得庆贺的事情。尤其是《中国出版传媒商报》，这里有太多我熟悉的名字：程三国、欧宏、王一方、孙月沐、唐明霞、潘启文……还有许多人，我几乎没有办法一一列举。当然，更多的感受是"难忘"。

几乎是从《中国出版传媒商报》刚开始筹备创刊时，我的内心中，就已经埋下无法忘怀的种子。记得十年前，在《中国出版传媒商报》创刊十年的时候，当时的记者欧宏曾经约我写文章，我写过一篇一万字的稿子，题为《出版，果然是文化的旨意》。我开篇即写道："有讯息传来，说《中国图书商报》已经创刊十周年。我一阵目眩，拍一拍已经失去青春光泽的前额，心中却没有紧迫、如梭之类的感叹，只是赞道：'好！看来建一个百年老报也不是什么难事。'就这么俯仰之间,十分之一的旅途不是完成了么?记得《商报》创刊之时,程三国跑前跑后,给我的感觉是无论你在哪里,只要他需要,就能够找到你,不失时机地向你倾诉他的志趣!现在看来,这一干人马成功了,我听到文化人在谈天说地时,时常提到《商报》的某些专刊和栏目;听到在上海《财富》论坛上,他们的记者对贝塔斯曼总裁米德尔霍夫的采访;还听到他们与汤姆森学习集团总裁克里斯蒂,对世界出版大势的深层探讨与交流……"

在那篇文章的结尾处,我还写道:"十年就这样过去了,《中国图书商报》也一点点成熟起来。可是,看一眼时下的书业,我却有些迷惘了。从当年李洪林先生在《读书》上一句'读书无禁区',如石破天惊;到如今却见《新周刊》上血红的大题'无书可读',中国出版界到底发生了什么事情?"那是在二〇〇五年,由于受到市场化风潮的冲击,极端商业化甚嚣尘上,导致出版界的文化理想主义受到商业主义的围攻与唾弃。

正是带着这样的一些疑惑,我们与《中国出版传媒商报》又一起上路了。恍然间，又一个十年过去，随着时间的流逝，我们不断地纠正着自己的脚步，不断地突破一个个困难，消除一个个困惑，一点点适应新的生存环境与状态，保持着生命的生长与更新。现在《中国出版传媒商报》已经成为名副其实的传媒大报，成为业内人士每周必读的报纸，这才是最值得庆贺的事情！

欣逢此时，我自然想起二十年来，自己与《中国出版传媒商报》的种种联系，哪一件事情最难忘呢？当然是我的专栏创作了。你看，现在媒体介绍我的时候，在个人名分上，除了"出版人"之外，经常会有一个"专栏作家"的称谓。说起来我写专栏文章，本起于《光明日报》，那是在一九九五年，李春林约我为"读书与出版"写一组文章"蓬蒿人书语"，共八篇。那是我有生以来，第一次写个人专栏，从此有了写作的信心与兴趣。而我写得最长、最有影响的专栏，却是在二〇〇二年，受到《中国出版传媒商报》记者唐明霞邀请，开始为该报写专栏"人书情未了"。每周一篇，我坚持写了两年多，一共写了三十多篇文章。后来以此为基础，出版了我的第一本个人文集《人书情未了——一个出版人的手记》。在写作过程中，当时的主编王一方和唐明霞不断地鼓励我、指导我，使我受益多多，一生难忘。并且以此为起点，我利用业余时间，开始了比较系统的专栏写作，每年会为几家报纸写文章，极大地丰富了自己的文化生活。

还应该提到，这些年，我为《中国出版传媒商报》的写作也未停止。该报记者潘启雯是一位很有见解的人，他组织文稿的方式也很有特色，每次总是列出一个主题，再辅以几个小问题，请相关人士解答。近几年中，他几乎每年都会发来这样的采访提纲，约我来回答。在杨绛百岁之际，他发来问题："出版人、作家和学者对于杨绛的印象"；在鲁迅诞辰一百三十周年之际，他发来问题："你对于纪念鲁迅的看法"；还有"目前儿童文学走出去主要经过哪些途径""关于上海书展的五个问题"，以及"有哪些书值得重来"等等。潘启雯提出的问题，不但切中时下文化热点，而且他的立意言之有物，易于回答，还不浪费时间。

总之，我在出版从业已经三十多年，而《中国出版传媒商报》几乎在我最重要的时光中，一直与我相伴。如果有人问：作为一个出版人，你心目中最重要的三家媒体是什么？我想，其中一定有《中国出版传媒商报》！

丰子恺画笔下的教科书

　　丰子恺曾经说，他的心始终被四件事情占据着：天上的神明与星辰，人间的艺术与儿童。因此他的创作充满了童真、童趣与深深的爱意。总其一生丰富的作品，有一个门类与儿童最为亲近，那就是他为中小学绘制的教科书。说是"绘制教科书"，此语毫不夸张。虽然那些教科书有叶圣陶、林语堂等名家撰文，但从封面到内页，看到那一幅幅美妙的构图与设计，尤其是幼童课本中那些整页的版面设计，你一定会觉得，"文图互映，锦上添花"一类的赞扬都不够准确了，丰子恺那些精心构思的页面图案和插图，实在称得上是艺术的再创作，为学生们提供了全新的阅读感受。

　　二〇〇五年，上海科学文献出版社推出"上海图书馆馆藏拂尘·老课本"，一共收取三套民国时期的老课本，有《商务国语教科书》《世界书局国语读本》，以及这套《开明国语课本》。到了二〇〇九年，民国热再度兴起，各家出版社一哄而上，纷纷出版"民国老课本"，其中最为畅销的老课本，还是开明书局的这一套《开明国语课本》。究其原因，当然是叶圣陶的文字和丰子恺的插画在起作用。尤其是丰子恺，他的画作独树一帜，历久常新，将近一百年来，从未淡出过我们的视野。

现在让我们清理一下，在教科书装帧设计方面，丰子恺为我们留下了哪些令人难忘的作品。

先说教科书的封面设计，据吴浩然细心统计，我们今天可以看到的封面图样还有很多，比如：《开明英文读本》（三册）、《开明国语课本》（小学初级八册，高级四册）、《开明幼童课本》（四册）、《新时代常识教科书》、《开明活页文选总目》、《幼稚园读本》、《中等学校音乐教本》、《民国学校教师手册》、《幼童唱游》和《开明图画讲义》等，这里的许多课本都是套书，少则几本，多则十几本。当然，如果将一些课外读物或曰准课本统计出来，比如《音乐的常识》《艺用解剖学》《儿童模范书信》《中学生》和《儿童教育》

等，那丰子恺绘制教育类图书的封面就更多了。总体而言，丰子恺此类封面设计有两个特点，一是封面上的图案，尤其是人物，都有鲜明的"子恺漫画"基本特征，让人一眼就能够认出，它出自谁的手笔；二是丰子恺为教科书设计封面，最喜欢使用三个元素：初升的太阳、读书的孩子或天使，还有繁茂的树木或幼小的秧苗。

再说丰子恺的整体装帧设计，也就是说，有些教科书，丰子恺不但为之设计封面，还将内文的版式和插图等，一并设计出来。相对而言，丰子恺的这一部分设计内容更丰富，更有艺术价值。经过整理发现，丰子恺曾经为六套教科书做过装帧设计：

1.《开明英文读本》三册，林语堂编著，丰子恺绘图，开明书店一九二八年初版。这套书共三册，是民国时期极为畅销的一套英文教材，一九二八年初版上市，畅销二十几年，与《开明活页文选》和《开明算学教本》并称"开明三大教材"。这套书的封面设计极有特色，三册图案不同，第一册封面，画的是一本翻开的书，上面是放着光芒的太阳，下面是两对孩子坐在地上读书；第二册封面与第一册基本相同，只是将整个图案挪到书脊一侧（孔网）；第三册封面与第一册比较，主体没有变化，只是下面的两个孩子，化成了一对长着翅膀的天使。

再者作为英文读本，林语堂选取许多名篇放入书中，如《论语》《史记》《安徒生童话》和《希腊神话》等。丰子恺为三册书画了大量插图，其中有些是简单的说明图，还有一些是随文系列绘画，比如《卖火柴的小女孩》，丰子恺一共画了五幅插画，串联起来看，几乎是不用看文字，就能读懂的一组故事画。这些画与他通常的作品比较，其艺术性、精致感以及灵动感，均有过之而无不及。尤其是他的画中还融入了西方文化的风格，因此又与他寻常的作品有所不同。二〇一四年，海豚出版社重印了这套读本。

2.《开明国语课本》小学初级八册，高级四册，叶绍钧编撰，丰子恺绘图，开明书店一九三四年初版。这套书极有名气，上面谈到，直到现在还在出版。它之所以能够成为一套"教科书经典"，一方面是叶圣陶的文字，另一方面是丰子恺的插画，两者交相辉映，相得益彰，而后者的特色感又显得尤为重要。这套书出版之初，书上说明中即写道："本书图画与文字为有机的配合；图画不单是文字的说明，且可拓展儿童的想象，涵养儿童的美感。"当时这套书被称为开明书店的"吃饭书"之一，即为出版社挣了大钱。究其畅销原因，重要一点，还是文图并茂，一反当时课本的简单、枯燥、沉闷风格。尤其是丰子恺的插画生动、朴实，深受孩子喜爱。比如第四册中课文《蜗牛看花》《龟和兔子赛跑》和《猜谜》等，都是图文并茂的故事画。

另外，这套书的设计风格，类似于商务印书馆二十世纪三十年代的《儿童文学读本》八册，都是中国早期绘本的基本雏形。尤其是低年级部分，满篇都是图画，图中附有文字。比如第一册有一段课文写道："窗子外，月亮圆。像个球，像个盘。像个球，我来玩。像个盘，我来端。"叶圣陶的儿歌，读起来朗朗上口，道理简洁明白。再加上丰子恺配上画面：两个孩子望着窗外屋檐下的月亮，一只小猫站在窗台上，看上去实在让人喜欢。

这套教科书的封面设计，也出自丰子恺的手笔。整套书封面用相同的图样，即在书脊一侧，一棵参天大树直顶封面上端，枝繁叶茂，占满整个天空，树上还结满了果子。

3.《幼童国语读本》四册，叶圣陶编纂，丰子恺绘图，开明书店三十年代初出版。这套书也是开明书店教科书中的一套，实际上与上述《开明国语课本》小学初级八册中的前四册相同。这套教科书封面设计极为简单，只有线条图案，没有人物形象。

4.《普益国语课本》八册，叶绍钧编纂，丰子恺绘图，成都普益图书公司一九四三年出版。这套课本的风格，与开明书店教科书大同小异，但故事更连续，内容更丰富。许多故事都由几页文字和几幅插图构成，很像今天的连环画，既有故事画，又有问题解答，许多册画面，也是图中配文字。举一个例子：第二册第一个单元，由四个故事构成：一、母鸡不见了；二、真有了一个蛋；三、母鸡孵着蛋；四、小鸡真稀奇；后面还有"练习一"。一共用了五个页码，其中四页上，有丰子恺的插图，并且故事情节有一定的连续性。另外在版权页上，

28

有"本书编辑要旨"，关于插图的说明，与《开明国语课本》完全相同，但内容编排、体例等，却不尽相同。

5.《初中英语教本》王国华编著，丰子恺绘图，开明书店一九四一年二月初版。未见资料。

6.《中学英语教科书》王维贤编著，丰子恺绘图，万叶书店一九四七至一九四九年出校样，未出版。

总结上述项目，丰子恺为教科书做装帧设计，大约只有以上六套书。它们可以分英文教科书与国语教科书两类，这两类的创作风格有明显不同。

首先说英文教科书，丰子恺绘制了许多说明图，尤其在《开明英文读本》中，用于说明的插图占了很高的比重，比如手、笔、书、鸡、鸦、鹅等说明图。其中课文中的故事画，其笔法当然一以贯之，简洁明快，生动活泼，但其中西方元素极多，包括西方人的形象、历史、文化、环境、建筑等。最有名的一幅画是《潘多拉》，让许多人赞不绝口。此类情况，我们也可以在《格林姆童话全集》（巴金的文化生活社出版，丰华瞻译，丰子恺插画）中见到，其中丰子恺画了三百五十二幅插图，处处西风浓郁，却依然不失本色。

其次说《开明国语课本》，因为是幼童和小学生课本，所以均以整版绘画，许多图中加入手写的文字，名家手笔，当然好看；画面的构图也很难得，这样的名家设计，现在上哪里去找呢？其实在那个时代，最高水平的绘本是商务印书馆的童书，比如《幼童文库》二百册，还有《儿童文学读本》八册，画得好，印得也好。说实话，丰子恺在开明教科书中的插画，在印刷质量上，赶不上商务印书馆的水平，但丰子恺的画风却个性鲜明，童趣盎然，一眼看去，让人经久不忘。这也使丰子恺参与出版的教科书，在当时能够持续畅销，独具特色；直到今天，人们翻印老课本，还是丰子恺绘画的教科书最好卖。

最后说丰子恺的教科书插图，与他的其他漫画作品比较，还是有许多不同。就其画风而言，有些作品很像一组组小连环画。其实我们在整理出版《民国经典故事画》时发现，在民国时期的一些儿童杂志中，丰子恺也画过许多类似的"故事画"，其中有四幅到十几幅不等，它们与上述教科书中的插画非常相像。另外，由于插画是结合教科书中内容绘制的，当然与丰子恺边创作边绘画的画风不同，那是原创，自成一家；这里丰子恺要考虑到别人文章的内容风格，就会产生不同画风。但总体而言，叶圣陶的文字风格与丰子恺的绘画堪称绝配，因此组合起来，很能表达彼此的意境。

让经典融入彩虹

大约在一年前，林建法先生不再兼任《当代作家评论》主编。我知道林先生从事文学批评三十多年，历久浸淫，最长于品评文学作品，与许多作家结交颇深。并且林先生为人品行端正，做事公正豪爽，深受作家、评论家尊重。此时我趁虚而入，三番五次找他说："先生这回有闲了，总可以帮我做些事情了吧？"林先生几番思考，那一天他终于来电话说："一般说来，作家的长篇作品最受人们重视，而对中短篇关注不够，我们是否可以编一套优秀作家的短篇小说集呢？每一位作家选六篇作品汇成一册，一本本出下去，渐成规模。"

林先生的建议颇合我意，因为早在二〇一〇年，我就曾经组织过一套"海豚书馆"，至今这套书已有一百余册面世，还在陆续出版。"海豚书馆"强调三个特点：一是选择内容要经典；二是篇幅要小，每册在五万字左右；三是门类多，整套"书馆"由六个书系组成，其中就有"文学原创"系列，由孙甘露先生主编，收的都是当代作家的中篇作品，有王安忆《骄傲的皮匠》、莫言《变》、格非《蒙娜丽莎的微笑》、叶兆言《玫瑰的岁月》、阿乙《模范青年》和林白《长江为何如此远》等。这些小书很受读者喜爱，一直销得很好，尤其是莫言先生获得诺贝尔奖后，那本《变》一版再版，几度爬上畅销书榜。我也由此尝到"做小书"的甜头，再组织书稿时，总希望篇幅要尽量小一些，说起来它的好处很多，比如：出版周期短、投资少、价格低、风险小，还有方便读者携带、阅读等等。再者，像我们这样一些实力不强的中小型出版社，"做小书"的好处就更是多不胜数了。

所以当我听到林建法先生的建议时，自然有了一拍即合的感觉。在林先生策划下，首批十本书稿很快就拿到了，作者有贾平凹、铁凝、王安忆、阎连科、范小青、尤凤伟、李洱、林白、苏童和叶弥。后面还有韩少功、孙甘露、东西、格非、阿来……目前他们的"六短篇"，也已经在制作之中了。接着，林先生还提出建议，再接着推出一套国外诺贝尔获奖者的"六短篇"作品，这当然也是一个非常不错的创意。

没想到首批"短篇经典文库"甫一上市，立即引来一片议论之声。这是怎么回事呢？难道是以写短篇而见长的加拿大作家艾丽丝·门罗，新近荣获诺贝尔文学奖，使短篇小说的文体峰回路转，异军突起？当然不是。说出来也让人惊讶，原来更多的议论都集中在这套小书的装帧设计上：那是一套小开本的口袋书，布面精装，色调采用最鲜亮的糖果色，每本书一个颜色，书的上切口还做了染色处理，十本小书一字排开，色彩缤纷，夺人眼球，它们刚挂到网站上，立即被读者们命名为"彩虹装"。小书书名的字体也很独特，笔画圆润稚嫩，颇具童趣；而书的名字又采取《安忆六短篇》《平凹六短篇》《小青六短篇》和《连科六短篇》等亲昵的叫法。总之整套书的设计，一反通常小说装帧的传统，充满了时尚元素和生机勃勃的青春气息。将如此刻意雕琢的外包装，与那些高大上的作家作品结合起来，不引起人们的注意和议论那才是怪事。

当然议论的声音并非一边倒。赞扬者说，这样的创新之举，为纸质书出版带来生机与希望；为我们全面了解这些作家作品，为使它们更贴近新一代读者，做了有益的尝试。反对者说，这是媚俗，是不伦不类；是极端商业化的风潮，闹得我们有些乱了方寸。不过这套小书投放市场之后，销售业绩却出奇的好，在不到两个月的时间里，首印六千套即将售罄，目前已经安排再版了。

我作为幕后的策划者，目睹此情此景，心中却涌出些许兴奋与欣慰的感觉。因为我们事先建立的营销策划，大多与市场的表现相互吻合：策划之一是读者对象，我们确定为小白领和在校学生，为他们的口袋书或曰手袋书中，增添一些经典的元素；策划之二是我们选择短篇小说，是考虑到青春一族是最忙碌的人群，他们或为生计，或为学业，或为情感，每天都静不下来，短篇小说最适合他们快速阅读；策划之三是我们希望通过这样一套小书，打通传统作家与新生代阅读群体的屏障，使年轻读者对文学经典作品，能有更多的关注与了解；策划之四是希望通过经典与时尚的结合，尤其是通过外在包装的精致化、精品化，以求在网络出版围困的情况下，为纸质书出版求得一线生机。

总之我心里清楚，我们这样做，既是救人也是自救，或曰间接救别人，直接救自己。所谓间接救人，是说如此操作，有利于改变文学界"重长篇、轻短篇"的现状，扭转眼下传统作家作品日渐边缘化的倾向，同时为新一代阅读群体，提供更多的文化选择。所谓直接自救，是说眼下传统出版受到网络围困，举步维艰，我辈每天都在挖空心思，试图突破重围，寻求出路。故而做出这样一套"彩虹装"，披在经典作品的身上，算作一点求生的尝试，让诸位同人见笑了！

三本书，三栖路

时近花甲之年，回首来时路，竟然有三条路径始终与我相随。一条是出版之路，是我人生的主线；一条是学术之路，即由数学史研究走向数术研究，是我人生的乐趣；一条是随笔创作之路，与我的出版生涯相辅相成。细细琢磨，我发现这三条人生道路的形成，竟然与三本书密切相关。

先说出版之路。推算起来，自从大学毕业进入出版行业，我已经连续工作三十三年，其间从未间断。但并不是说，我的思想一直没有波动。记得初入此行不久，我就觉得出版是一个商业部门，一生为人作嫁，不如去做学者或作家，社会地位更高些，生活环境更单纯些，人际交往更平和些。直到二十世纪八十年代末期，一位台湾朋友送给我一部《岫庐八十自述》，读后彻底改变了我的职业观念。这是出版家王云五的一部自传，他从一九二二年进入出版界，出任上海商务印书馆编译所所长，一生做了四十年出版人，直到九十二岁离世。期间虽然离开过几年，但他总结一生所为，感慨写道："我一生最重要的工作是出版，然后是教育，公务、政务殆如客串。"而他一生勤奋，以编好书、建图书馆、拯救天下为己任，被胡适称赞为"有脚的百科全书"；被金耀基称赞为"从十五岁开始工作，一生做了别人三辈子的事情"；被美国《纽约时报》称赞为"为苦难的中国提供书本，而非子弹"；被黄仁宇称赞为"世界公认的一流出版家"。我由此而感动，立志一生追随王云五的足迹，将出版作为自己毕生志业。后来《岫庐八十自述》（简写本）在大陆出版，还是我写的序。再后来，国家出版基金项目"中国出版家系列"，其中《出版家王云五》也是我来完成。

再说学术之路。许多年来，我在编辑工作之余，一直从事数学史和数术史研究，究其起因，也源于一本书《世界数学史简编》，梁宗巨著。那是在一九八二年，我从数学系毕业，与几位理工科毕业生进入出版社。一位老编辑让我们写审稿意见，阅后他批评我们文字不行，不称职。我不服，还顶撞说："我们是学理工科的么。"他就拿来梁宗巨数学史书稿让我们看，梁先生不但文字优美，而且手写的书稿一个错字、一处修改都没有。老编辑说："梁宗巨是学化学出身，写数学史，文字极好，我们搞文科的都服气。"我受此影响，此后做文字工作，再不敢拿理工男搪塞。我也因此经常拜访梁先生，甚至想去考他的研究生。后来没成功，但却爱上了数学史，并且由此结交了许多数学史专家如郭书春、王前等，还写了几本小书如《自然数中的明珠》《数术探秘》和《数与数术札记》等，充实了自己。

最后说随笔创作之路。二十世纪八十年代末，我组织出版"国学丛书"。在选取作者时，编委会列出一个数十人的作者名单，他们大多是教师和研究员，只有一位是出版人钟叔河。当时众多专家评价说："钟叔河与大多数出版人不同，他既能编又能写。"那时我三十几岁，已经做了副总编辑，闻此言很受刺激。当时约钟先生写《载道以外的文字》，他后来太忙，没交稿。我不死心，直到一九九五年还托王一方询问钟先生，他依然婉言谢绝，却签送我一本他的著作《书前书后》。后来我读到他的名言："编辑是编出来的，也是写出来的。"因此编辑要有"两支笔"，蓝笔自娱，朱笔编文。我非常认同这个观点，从此开始试着写随笔，最初一组文章在《光明日报》上发表。后来越写越顺手，形成了一生的工作习惯。几年前我不忘前师，又去找钟先生，为他出版《记得青山那一边》，还有《人之患》，每年还会去长沙拜访他。如今钟先生年近八十五，后辈们毕恭毕敬，不断拜访。能不拜么？他几十年留心积累，妙笔生花不说，出手都是文宝；他的案头上，好玩儿的东西俯拾皆是。这不，他的下一部小书又整理好了，是他与钱锺书的通信集。总之钟先生活的是智慧，是乐趣。

三本书，引出人生三条路径。那是一种三栖的生活方式，终日忙忙碌碌，不得清闲，却很充实快乐。步入老年，精神渐衰，时间却会多起来。能有几手好玩儿的功夫玩耍，就会省却寂寞与抑郁的烦恼。

上海书展的与众不同

今年，上海书展已经举办了十二个年头。我作为出版人，也已经关注了十二个年头，参加了十二个年头，获益了十二个年头。可以说，我对上海书展有些特殊感情，因为年复一年，全世界各类书展多得不得了，而我从事出版工作三十余年，能吸引我几乎每年都会带着产品如时参加的书展，能有几家呢？我想到三家：一是北京国际书展，现在也举办二十二届了，我几乎一届没落，都到会了；再一是德国法兰克福书展，我从一九九九年开始，至今已经参加了十届；还有就是上海书展了。其实在更早的时候，也就是上海书展的前身，举办"文汇书展"的时候，我就是它的支持者和参与者了。一路走下来，我参加了多少届"上海书展"或"前上海书展"呢？记不清了，反正上海是我从业出版作者最多的地方；是我长期组稿的必经之地；是我最喜爱的城市之一。所以无论有没有书展，上海都是我每年需要如期拜访的城市。只不过有了书展，我前行的目的更加明确，我年复一年的行程，有了一个更加核心的坐标！

我这样说，可能有人会问：你的情绪是否有些偏激，对于上海书展的赞扬，是否有些感情用事呢？上海书展如此吸引你，它究竟有什么与众不同之处呢？对此，我想到五点不同：

其一，上海是一个有出版传统的地方，近百年中国现代出版的发祥地就在这里。因为上海曾经是中国的文化中心，它在出版方面，为我们后来者留下太多值得记忆与学习的故事。比如我最喜欢的老品牌出版社，当初它们几乎都是在上海，像商务印书馆、中华书局、开明书店、亚东图书馆、生活书店、文化生活出版社、世界书局、儿童书局等；还有我敬重的出版家，他们也大多出自上海，像张元济、王云五、邹韬奋、陆费逵、胡愈之、巴金、汪孟邹、汪原放等。直到一九四九年以后，我敬重的出版家，他们的故事也与上海相关。比如陈翰伯，他在一九五八年出任商务印书馆总经理时，也是首先回到上海，将老商务印书馆的资料收集起来。我们可以在他一份"文革"《检讨书》中，读到这段故事："我是复活旧商务的罪人……我一九五九年在上海办事处查了很多材料，这些材料以后都运到北京，我想把商务的历史作为研究项目，我请胡愈之等人做了馆史的报告，后来就设立了馆史研究室，举办展览会和六十五周年的纪念。与此同时，我在报纸上发表了很多消息，到一九六二年，在我的招魂纸下，旧商务这具僵尸，已经可以在光天化日之下散发臭气，毒害人性。……"当然，值得记忆的人物还有范用、沈昌文、董秀玉等，那一连串的前辈名字，大多有着"在京海派"的称谓，他们的影响，怎么会不深深扎根在我的心中呢？尤其是沈昌文，我与他接触最多，每次见面，几乎都会听到他说几句上海话，讲他早年在上海的故事。直到他八十岁以后，他一般不再离开北京，但上海除外，今年我还要陪伴他去参加上海书展，发布他的新著《师承集》。

其二，上海出版的现在。虽然一九四九年之后，我国文化中心人为北迁，但我始终认为，上海的文化传统还在，上海的出版传统还在。两年前，我曾经出版过陈昕的《出版忆往》。他是上海出版的领军人物，他在书中讲述上海人民出版社时说，上海出版人的追求不是一座高峰，而是一片高原。而这片"高原"，是由一代代出版人建造的"高峰"汇聚而成的。比如以书为标志，上海人民出版社的发展经历了三个时期：二十世纪五六十年代，确立社会科学出版的第一个高原时代；二十世纪七八十年代，是第二个高原时代；二十世纪九十年代中后期，是第三个高原时代。正是有了这样的传统和承继，才有了今天"群峰并立"的辉煌。陈昕的观点，从一个侧面阐释了上海出版界的发展与追求。作为出版者，在这样的城市里参加书展，在这样的城市里"与书共舞"，得到的感受自然不同。

其三，上海是当代出版人的福地。虽然经历世事变迁，但上海的文化底蕴还在，上海的出版底蕴还在。回顾我三十几年的出版经历，毫不夸张地说，我在上海组织的书稿最多，作者最多。像我曾经组织出版的《万象》杂志、"书趣文丛"、"新世纪万有文库"、"海豚书馆"等，其中许多资源都取自于上海；像我的作者和策划人陆灏、葛兆光、陈子善、贺圣遂、周山、傅杰、江晓原、小白、毛尖、黄昱宁等，他们都来自上海。及此，我还想起二〇一一年，我开始大批量出版"民国童书"。在寻找资源的过程中，许多稀缺的民国童书主要淘自两个地方，一是北京潘家园，那时我们经常起早去那里淘书，潘家园的一些收藏者也会打来电话，说又找到一些旧童书。后来我出版的"幼童文库""小学生文库"《幼稚园生活课本》《手影术》《少年百科全书》等，许多都是从那里淘到的。此时的感受，甚至让我想起"礼失求诸野"那句老话。再一就是上海图书馆了，我派人不下十余次前去那里，找到"小朋友文库""我的书"和"童话丛书"等大批珍贵资料。其中有些旧童书，甚至是民国时期的孩子们画过的作业，上海图书馆都能收藏起来，真是难得。应该说，上海图书馆资料多，服务好，还懂书。

其四，上海书展的特点。我见过的书展或读书活动，可以大致划分为三类：

一是以版权贸易为中心的活动，如法兰克福书展、伦敦书展和北京书展等，都属于此类。展会的主要时间段，都是不对公众开放的，其活动主旨也是面对书商。一般是在书展即将结束时，才会设立一两天"公众日"，对普通读者开放。但许多书是"只能看不能买"的，它们只是用于贩卖版权的"样本"。在这样的境况下，读者的地位可想而知。仍以法兰克福为例，作为一个历史悠久的书展，它一直坚持为书商服务的主旨。大约在"九·一一"事件发生后，欧美经济陷入萧条时期，他们才开始松动对普通大众的限制，更多地开展一些为当地读者服务的项目。

二是公益类的读书活动，像"深圳读书月"那样。当每年十一月来到的时候，阅读就会成为这座城市的主题，政府为市民铺设各类读书场所，请有学问的人前来讲座，让读者之间进行交流，为不同的人群提供阅读指导。他们的口号是"让城市因热爱读书而受人尊重"！因此在二〇一三年，深圳被联合国教科文组织授予"全球全民阅读典范城市"称号。

三是以图书销售为主的书展，如香港书展、上海书展等，商业主题非常明确，是普通读者的阅读节日。与之相连带的文化活动，诸如图书发布、签售、演讲等一并展开。在这一类书展中，上海堪称翘楚，去年我还写过一篇长文《书展：为上海文化增添记忆》，其中写道："作为出版人，我一直是上海书展的拥趸。我不但每年都会参加她的活动，而且还会将重点图书的出版周期，都以上海书展为终点，安排在此时集中上市；因此每当书展来临，我都会带着一些新书欣喜而来。我保持这样的状态，已经有很多年了。"确实，上海书展已经成为"三大华文书展之一"，但是他们的目标，一定是要超越法兰克福、纽约、巴黎、伦敦……而且从城市书展的超越，走向整个城市的超越！

及此，我还想起一些与上海及上海书展相关的趣事：一是我们的作者越来越重视上海书展，甚至有些作者要求在合同中写上："本著作出版时，在上海书展上做新书发布活动。"因为上海的读者不但热情，而且懂书。比如我就听过一位作家说，对文字而言，上海的读者是一个试金石，他们很挑剔，眼光很刁！二是出版业内对于上海书展的认同，已经有了不小的一致性。许多出版方都乐意将他们一年中的产品，集中在这里展示出来。比如今年，我个人的新著《精细集》（浙江大学出版社）和《一个人的出版史》（上海三联），竟然也不约而至，同时在上海书展上首发。

其五，海豚出版社的准备。今年我们为上海书展准备，投入的人力、物力、财力等，都大大强于往年。比如新书签售，往年我们在上海书展上，最多会搞一两项活动，但这一次我们一举列出六项，其中有：英国谢泼德签售他的著作《随泰坦尼克沉没的书之瑰宝》，并且还要在思南会馆作专题演讲"十九世纪英国文学作品的装帧"；我们与上海人民出版社联合举办新书发布会，共同请来我们的作者，带来他们的新书：有沈昌文《师承集》、陈子善《张爱玲丛考》、黄昱宁《变形记》、胡洪侠《非日记》等。另外，我们发布的新书还有杨小洲《伦敦的书店》，以及他策划的《鲁拜集》经典版和《鲁拜集》笔记本；李长声《瓢箪鲶闲话》；吴兴文《书缘琐记》；周立民《闲花有声》；梁由之《天海楼随笔》；朱煜《赵清遥的作文故事》；

还有"纪念丰子恺逝世四十周年"新书签售会等。总之海豚的十几部新书，一并在一届书展上推出，进一步说明，在我们的心目中，上海书展的与众不同。

思念老署长

一、生命的讯息

二〇一五年十月二十一日，突然有消息传来，宋木文先生不幸因病去世，终年八十六岁。当时我心中一凛，怎么可能呢？这两年，因为出版老署长的小书《思念与思考》，我与他老人家多有接触，他是一位可爱的老人，智慧的老人，让人尊敬的老人，怎么会突然就走了？我坐在那里，陷入一种深深的感伤之中，许多不久前发生的事情，不断在我眼前掠过：

二〇一五年春节前，中央领导去老署长家中看望他，活动结束后，他给我打来电话，发来照片，我们聊了十几分钟。老署长说，领导拿着他的那本小书《思念与思考》反复翻看，他很高兴。许多朋友也打来电话，或在网上发布消息，称赞老署长是出版界的光荣。这一年春节后，大约在三月间，总局几位领导拜见老署长夫妇，我也参加了，他谈笑风生，丝毫没有身体不适的征兆。当时我还与老署长约定，等到天气好些的时候，请他出来坐坐，当时老署长夫妇满口应允。这一年四月份，我与故宫博物院王亚民先生见面，当时汪家明先生也在场，我们还谈到此事。亚民说，晓群，就等着你的安排，选一个时间，请一些老领导、老前辈来故宫坐坐。

直到前不久，我见到一位网友给我留言："《思念与思考》，小书做得真漂亮。你也真胆大，敢给大领导写序，可见宋先生的胸怀。"听闻老署长去世的消息，还有一位网友写道："在文汇读书报上，读到宋先生几篇文章，写得好。所以买了几套他的书，正在读。没想到他老人家这么快就去了，悼念！"

就这样，思之愈深，念之愈切。脑海中竟然浮现出《孔子家语》中那段故事：

孔子行，闻哭声甚悲。曰："驱！驱！前有贤者。"至则皋鱼也。被褐拥镰，哭于道旁。孔子辟车与之言曰："子非有丧，何哭之悲也？"皋鱼曰："吾失之三矣：少而学，游诸侯，以后吾亲，失之一也；高尚吾志，间吾事君，失之二也；与友厚而小绝之，失之三也！树欲静而风不止，子欲养而亲不待也。往而不可追者，年也；去而不可得见者，亲也。吾请从此辞矣！"立槁而死。孔子曰："弟子诫之，足以识矣。"于是门人辞归而养亲者十有三人。

想到这里，我的眼泪不由自主地流了下来。人的一生，事亲、事君和事友，每一个人都有不同的经历，心中多少都会留下不同的感受和遗憾。我做出版三十余年，最喜爱与老先生打交道，总希望多陪一陪他们，多听一听他们的述说，多出版一些他们的著作。在交往过程中，工作往往是第二位的，能为他们做一些事情，能向他们学习一些人生智慧，能向他们尽一些孝心，换取心灵的慰藉，才是我最大的追求。其实也是那句话："往而不可追，去而不可得见"，时时在我耳畔响起。人的生命有限，且来去无常，这一次老署长溘然长逝，我想到，还有那么多事情没来得及向他老人家请教，此时再惋惜、再心痛，都无济于事了。

现在《编辑学刊》约我写一篇回忆老署长的文章，又让我想起两年前，老署长约我为他的小书《思念与思考》写序的情景。当时我连称不敢，况且以往我与老署长直接接触不多，了解不够，唯恐写不好。但老署长专门给我写信，甚至将我的名字写到目录中，还在后记中提前感谢我赐序，声称"志在必得"。我知道老署长是在鼓励我。序写好后，老署长又打来电话说："非常好，一本书，能让编者写序最适合。虽然我们直接接触不多，但你很会写，从我以往的著作入手，把我刻画得非常准确。"

你知道，一个人做事，自信心真是太重要了。当初有老署长的鼓励，我才有信心拿起笔，为他的著作写序；现在老署长不在了，我还要延续这一点信心，将过去我与他老人家接触的一点往事，原原本本地记录如下。

二、为英若诚书稿

我第一次接触宋木文先生，是在一九九七年，那时我在辽宁教育出版社工作。十月八日，沈昌文先生发来一份传真，关于英若诚先生翻译莎士比亚著作的事。其中还附有一封英若诚先生给宋木文先生的信，以及北京三联书店董秀玉、周五一等领导的退稿批示。沈先生的信写道："晓群兄：文化部原副部长英若诚同志，又是著名的翻译家和演员。我曾托人向他进言，把他的五个得意译作（都是剧本）汇集交三联出版。后来他生病住院，就没再提起。上个月，我与宋木文同志共进午餐，宋忽向我提起，英退休后向宋提出，希望宋为他张罗出这五个剧本。我告宋以前的情况，并说，既然过去三联提过，最好先问一下三联意见。宋同意。我就写一信给董秀玉，告以过去的情形，并附去木文同志和若诚同志的信。今日收到董回信，说是不想出版。（有关材料三页，附后请阅。）英若诚这五个剧本出版之事，在同董联系的同时，我也告诉了台湾郝明义先生。郝原则接受。在这同时，我听取了北京《世界文学》副主编申慧辉女士意见，建议郝在这本书中附一英先生演这五剧的VCD（'人艺'保留有全部录像），郝极为欣赏这一点，乐意实行。（郝已出附VCD的图书多种。）当然，郝之乐意实行此事，还有一原因：英的父亲曾是台湾大学英语系主任，是1949年后留在台湾执教（不是1949年流窜去的，而是1945年后去台大任教的）的著名知识分子，现在的李欧梵、白先勇等人，都出于他门下。出英若诚的书，在台北有一定影响。现在董秀玉既不愿出大陆版，我想在与宋木文再次商谈之前，先问一下你的意见。假如可以，当然最好也出一个有VCD的版本，同郝明义合作，成本亦可降低。否则，只出文字亦可。至于原书版权，我想不致太贵，因为几个现代剧早已成为保留剧目，不是新品种。英的稿费，也可商量，不会瞎要。此事既有木文同志介绍，相信不会办错。你上次对我说要出点讲究的东西，此书当为其一。沈昌文"

英若诚给宋木文的信是七月十五日写的，他先介绍了五个剧本：《请君入瓮》《推销员之死》《莫扎特之死》《哗变》和《芭芭拉上校》。他写道："这五个剧本都是北京人艺演出的。北京人艺已表示全力支持，包括提供剧照，背景材料，重要的评论文章等。"老署长于九月三日在英若诚信上批复："此件及8月11日来信及评论文章均送沈昌文同志。如能出版，应是高品位图书。请按昨所说，先商董秀玉同志（代致问候），如有困难，再走下一步。同若诚联系事,由我向他打招呼。进展情况望告。"

十月二十七日,我与柳青松去北京。当天中午在沈昌文先生引导下,我们拜见了宋木文先生,还有《世界文学》副主编申慧辉。那是我第一次见到老署长,很紧张,他对我说:"沈昌文说俞晓群做事靠得住,就把书稿交给你吧。"另外,那次见面除了落实《英若诚译剧本》,我还与老署长和申慧辉谈到《世界文学》中的资源,他们拟编一本《苏俄插图选》。回沈阳后,即收到申慧辉的一封来信:"寄上《世界文学》几册,请拨冗阅读、指教。《世界文学》是继承鲁迅《译文》遗风,由茅盾先生任文化部部长时复刊、后又更为现名的老刊物。如同国营大企业一样,它老得几乎快不行了。我辈虽有心为其奉献,却无力一挽'狂澜'。因此,只是在尽绵薄而已。然而,它毕竟有其特长,其中的信息,或许对您有点用处。"

三、为《思念与思考》

二〇一一年,在刘杲先生八十岁之际,我为他出版一本小书《我们是中国编辑》。同年十月

56

二十四日，中国编辑学会召开"刘杲同志编辑思想研讨会"，我去参加了，见到宋木文先生。他在发言中，还赞扬我为刘杲先生的书做得好。散会后我跟老署长打招呼，希望能有时间去拜见他。老署长很高兴，欣然应允。但此后一直没有机会。直到二〇一三年十二月二十一日那天，我突然接到老署长的一封电子邮件："晓群同志：看到新闻出版报发表之大作《我爱创新，我更爱传承》，当即在文题上端批注：'极好！'近日我有两文发表:《出版业科学发展之探索》（《中国出版》2013年11月上）、《论"转企改制"中的变与不变》（《出版发行研究》2013年第11期），似与大作观点相通，送上，请批评指正。此次同你的沟通渠道，系请刘杲同志提供。祝冬安！宋木文"

读到老署长的来信，我非常高兴。他提到我的那篇文章《我爱创新，我更爱传承》，是我为李昕先生主编的著作《编辑是一门正在创新的艺术》写的一篇文章，其中谈到创新与传承的关系，我强调说，没有传承的创新，会成为无源之水，无本之木。老署长赞成我的观点，但他的文章才真正是在理论的高度上，探讨这个问题，而我只是一点有感而发而已。十二月二十四日我回信写道："老署长：您好！读到您的来信真高兴。感谢您对我的鼓励，其实多少年来，您一直是我们这些后来者的精神支柱，也是我们做事情时最强有力的支持者。我们的许多想法与实践，都是在您和刘杲等老领导、老前辈的熏陶与支持下产生的。读到您的两篇大作，更让我敬佩不已。我最感叹之处是在近十几年来人们思想混乱的情形下，您能够始终保持清醒的认识，对问题的看法如此冷静、准确、坚定，确实让晚辈赞叹。所以我们私下里经常会怀念您的时代，当时您的许多思想对我们影响巨大，甚至对我们一生所为都做了定位。很希望能有机会拜见您，并且为您做一点事情，比如能由敝社出版您的一部小书，一方面弘扬您的思想，更是表达我们对您的敬意！顺祝老署长身体健康！晓群"

收到我的回信之后，老署长很快打来电话。他一方面感谢我愿意为他出版一本小书，另一方面他说自己刚刚在商务印书馆出版《八十后出版文存》，没有很多新写的文字，他会把新著寄给我，让我先看一看。为此，我在二〇一四年一月一日，给老署长写了一封邮件："老署长新年快乐！您的大著收到，非常高兴，非常喜欢。我已买过一本，现在又有了您的签名本，太好了。这是一本里程碑式的著作，商务做得也很好，很庄重大气。我想您还有一些小文章，或选出一些来，尤其是忆旧方面的，我非常愿意给您出一本小册子，十万字左右，像刘杲先生《我们是中国编辑》那样，表示我们的敬意，也一定会得到读者欢迎。没关系，遵候您的指令。顺颂冬安！晓群"

二〇一四年一月十八日，老署长寄来他在商务印书馆出版的新著，还有一些材料，其中附有一封来信，基本同意让我为他出版一本小书，以回忆人物为主线。读过老署长的信后，我在一月二十二日回复："老署长：您好！您的来信、大著和一些材料都收到了，逢此新春之际，能够收到您的这么多资料，真让人兴奋不已。很高兴您同意让我们出版一本您的小书，这是读者的幸福，也是我们的荣幸。书稿内容主要尊重您的意见，怀旧也好，您的重要见解也好，您的人生情趣与追求也好，都可以，考虑到一点可读性就可以了。许多出版人都非常想从您那里汲取更多的精神营养，更多地了解您的思想与故事。字数在十万字左右很好。我随后奉上合同，您根据您的写作时间定夺。万望不要过劳。顺祝新春佳节快乐！晓群"

二月七日老署长发来一封邮件："忠孝同志并晓群同志：春节前后，我对小书的内容作了进一步思考，仍按1月18日信所言'以联系历史变革回忆人物'，但明确以回忆人物带出历史变革，故将书名定为《思念》，选收文稿26篇，思念逝者28人。我在这里思念的老领导给我以关怀，老同事给我以理解，老部下给我以支持，还有三位在合作中同我结下深厚情谊的国际友人，我理应以对他们的思念作为本书的主题。所收文稿，多以我的几本文集相关文稿为基础改编（多少不同，亦有全文照收），也有几篇是近日写出的。为了便于了解内容重点，我逐篇加了副题。附送小书目录，请审阅。全部文稿不迟于本年3月底前送上（电子版），如进展顺利亦有可能在我去三亚（2月17日）之前送达。我想另写一篇简短后记，介绍本书的由来与重点，感谢海豚社的厚爱相助。我诚请晓群为小书作序，并已先行列入目录，意在必得，望能应允。以上如无不妥，我即签署已收到的贵社出版合同，快递送上。祝新的一年更有新进展。宋木文"

二月十四日，老署长又来信写道："忠孝并晓群同志：小书文稿已初定，选题原则已征得晓群同意，昨日写出的《作者编后小记》又作了说明。再次恳请晓群为目录中的序文填补空缺。请'小书系列'策划者及本书的决策者写序是最好的选择。现送上电子版，请审定。编选匆忙，请责编及有关同志严格校正把关。我2月16日赴三亚暂住约三个月，电话、电脑渠道均畅通。我给忠孝同志签名送上《八十后出版文存》，请指正。合同已签。同书另寄。祝马年大吉！宋木文"

老署长在书稿拟目的第一行写着"诚请晓群作序"，这给我太大的压力，让我整整思考了大半年，直到这一年八月二十六日，我才把序写好。我发给老署长征求意见，邮件写道："老署长好，为您的大著写的序，先奉上，敬请改正。写得长了一些，您看哪些内容不合适，可以删除。写此文，我内心一直忐忑不安，唯恐文不达意，言不尽意，无法言明老署长大著意蕴，发给您看看。顺颂秋安！晓群"老署长阅后非常满意，只作了个别字句的改动。

　　还有两封值得记忆的信件：一是老署长亲自写的"作者简介"，其中自勉"出版是我一生的事业"。再一是将书名《思念》改为《思念与思考》，他在八月十五日来信："晓群、忠孝同志：近日闲下来，又重新翻阅了《思念》文稿和晓群几次相关来函，觉得已送文稿对晓群来函肯定和重视的我等在任时的'许多思想'反映不够，正好，我为口述出版史编选了题为《我的出版观》的资料，均选自我的几本文集，约1.6万字，现送上，如你们二位认为有必要，可以改变用途，收入我的这本小书，同时删去原送稿中的后10篇，以保持在10万字之内（细算之后，如不超编，亦可考虑保留其中个别）。鉴于这样做会给出版社带来很大麻烦，我只是提出想法，一切听从你们的安排。如你们决定做如上增删，还可考虑补入反映我现实观点的在《中国出版》发表的《出版业科学发展之探索》一文，小书出版时间亦应推后，原书名可考虑改为《思念与思考》（修改作者编后小记时做适当说明），原文题亦需调整，均取消'思念'二字，改为《胡乔木对新时期出版工作的历史性贡献》《王匡率先开展出版领域的拨乱反正》等，对这些我都会迅即提出建议稿。也许是我闲来无事找事，如不是很有必要，小书印制又进入尾声，就不再折腾了。宋木文"

四、心中的印象

在《思念与思考》序言中，我说出对老署长的五点敬佩：其一，我敬佩他写文章通篇没有官话，既不趋炎附势，也不藏头缩尾；落笔心胸坦荡，既不拔高自己，也不妄自菲薄；历经沧海桑田，依然可以做到气定神闲、不逾规矩！其二，我敬佩他为人的友好与和善，他说："人的一生，要多交一些朋友为好。以诚相待，可以增添友情；心怀坦荡，必会相遇知己。多为朋友着想、做事，不求回报，但求理解与知心，这样才能活得安心与顺心。"其三，我敬佩他有着一根很硬的脊梁，敢于坚持真理，不为风向所动。其四，我敬佩他为官大半生，整天被人簇拥着、追捧着、逢迎着、约束着，还能够保持心态平和，说真话，不说假话，实在是本性使然、意志使然，绝不是装得出来的。其五，我更敬佩他以及他们那一代人，对于中国出版事业拨乱反正、改章建制和繁荣发展的重要贡献。

当然，我也深深敬佩他一生为人平和，人们称他老宋，也称他像邻家大哥一样，让人感到温暖。我想起在二〇一四年，老署长时常会来到海豚出版社处理书稿，但他只去见编辑，还嘱咐小编辑不要打扰社长。这一年九月二日，我的序改好了，与老署长夫妇相约中午小聚。老署长知道沈昌文先生会来参加，他就提前在网上订购一本海豚刚刚出版的沈昌文《也无风雨也无晴》，在家中认真翻看，还记下了他的阅读笔记。见面时宋、沈交谈，我看到沈先生一反往常嘻嘻哈哈的态度，对老署长极其亲热。我记得老署长谈到沈先生书中写的两个人物，指出文中正误之处，还劝沈先生不要感情用事云云。当时沈先生认真聆听，对老署长充满尊敬之意。

这些生动的画面，都如天上的烟云，在我眼前片片飘过，渐渐远去，不会再回来。

王云五：抗战中的文化斗士

王云五一生做事繁多，后人毁誉参半。所誉者，在出版，在教育，在学问；所毁者，在从政，在政治取向，在社会活动。眼下正值抗日战争胜利七十周年，我由此想到王云五在那场大战中的表现，那时他正在担任商务印书馆总经理——一位中国最重要的文化商人，他留下了哪些故事呢？

早年记忆

那要从一八九四年说起，当时王云五七岁，中日战争爆发，中国海军不堪一击，所有兵舰非沉即降。他后来回忆说，自己当时最痛恨两件事，一是慈禧挪用军费误国；二是日本人杀我同胞。两年后，他的一位表兄陆皓东追随孙中山闹革命，被清政府杀害，更增添了他的对抗情绪。王云五九岁那年，大哥给他讲《孟子》，说到"君之视臣为土芥，则臣视君如寇仇"一句，王云五愤然而起，脱口说道:"那个西太后把臣民当作土芥,臣民为什么不把她视同寇仇呢?陆表兄的举动只是要杀人民的寇仇,怎算得是造反呢?"闻此言大哥大惊失色,后来对父亲说:"四弟读书还不差,只是防他长大后要走错路。"大哥没说错,后来王云五真的"走错了路"。他一九二一年做了临时大总统孙中山的秘书,同年加入国民党;后来退党,作为无党派人士,一生致力于中华文化复兴的事业。

三次危机

王云五一生最大成就,是在商务印书馆的工作。他几次说,自己曾经带领商务印书馆走出四次危机。其中第四次,说的是拯救台湾商务印书馆;而前三次危机,都与日本侵略中国有关。

第一次危机是一九三二年,"一·二八"事变爆发,日本人轰炸上海,定点炸毁商务印书馆与东方图书馆,造成印刷制造总厂、栈房及尚公小学全部被毁,焚余纸灰飞达十多里以外。尤其是东方图书馆中大量藏书全部烧毁,其中有中文书二十六万八千余册,外文书八万余册,另外还有古今中外各科学术参考书,以及五千余种珍贵图标照片。当时一位日军司令说："烧毁闸北几条街，一年半年就可以恢复。只有把商务印书馆这个中国最重要的文化机构焚毁了，它则永远不能恢复。"

目睹此情此景，张元济痛心疾首，他说，真不该将这么多好书积聚起来，遭此厄运。时任总经理的王云五更是痛苦万分，他甚至动过离开商务印书馆的念头：他只是商务的一个小股东，他改造商务的方案得不到员工理解，他家中有八十岁老父亲无人照料。但他后来在《十年苦斗记》中写道："但是他一转念，敌人把我打倒，我不力图再起，这是一种怯弱者。他又念，一倒便不会翻身，适足以暴露民族的弱点，自命为文化事业的机关尚且如此，更可为民族之耻。此外他又想起，这个机关三十几年来对于文化教育的贡献不为不大；如果一旦消灭，而且继起者无人，将陷读书界于饥馑。凡此种种想念，都使他的决心益加巩固。他明知前途很危险，但是他被战场的血兴奋了，而不觉其危险。他明知前途很困难，但是他平昔认为应付困难便是最大的兴趣；解决困难也就是最优的奖励。"于是王云五开始振作起来，奋力工作。当年八月一日商务印书馆恢复生产，他亲自用大字写下标语："为国难而牺牲，为文化而奋斗！"十一月商务又达到"日出一书"。当时胡适给王云五信中写道："南中人来，言先生须发皆白，而仍不见谅于人。"时年王云五只有四十五岁。张元济给王云五致信写道："去年公司遭此大难，尚能有此成绩，皆属办事人之努力，极当佩慰，特代表股东向办事人致谢。"张元济还有言，高梦旦当年引王云五入商务，卒成为商务印书馆的救星。

第二次危机是一九三七年"八一三"事变爆发，日军进犯上海，商务印书馆再次停业。十月恢复生产，但王云五将印务转移到香港与长沙。他本人也来到香港，一方面维持战时体制，一方面创编"战时补充教材"，出版有"战时常识丛书""抗战小丛书""抗战丛刊""战时经济丛书""大时代文艺丛书"等，同时保持商务印书馆"每日一书"的传统，直至太平洋战争爆发。

第三次危机是一九四一年十一月太平洋战争爆发，日本军队轰炸并占领香港，商务印书馆在香港、上海两地的财产全部丧失。当时王云五正在重庆开会，无法返回香港。而商务印书馆重庆分馆存款只有十三万法币，周转资金不足一月之需。王云五将总部移到重庆，迅速发展战时生产，到五年后抗战胜利，商务印书馆账面现款已经达到四五亿法币，成就巨大。所以当抗战结束后，王云五提出辞职时，张元济写信挽留道："罗斯福岂恋恋于白宫，其所以再三连任者，亦为维持大局，贯彻己之计划也。"

一九四五年十月十日，为抗战胜利，王云五获政府颁授二等景星勋章和胜利勋章。

两次追杀

王云五说，他一生曾经遭遇三次追杀，其中一次在香港，住宅遭枪击，疑为中共所为；另两次都是日本人所为。第一次是在"一·二八"事变爆发之日，王云五当晚因故没有住在闸北的北四川路家中。结果第二天清晨，有日本便衣队前去搜捕，王云五躲过一难。王云五后来说，当时被抓去的人，绝无生还之望，连尸骨都找不到。第二次是太平洋战争爆发时，日军占领香港，碰巧王云五在重庆开会，家眷还在香港。日本人以为王云五藏了起来，四处搜寻不得，竟然让王云五的熟人，上海内山书店店主内山完造，以实名登报，巧言相诱，让王云五出来。

一大遗憾

一九四五年抗战胜利后，王云五即向商务印书馆董事会主席张元济提出辞去总经理职务。说起来辞职原因很多，但一个重要原因，正是在王云五获得抗战胜利勋章之时，上海传来消息，称商务印书馆上海方面，战时有与敌伪同流合污之嫌。当时有舆论说，即使王云五在后方有功抗战，但要功过分明，对于上海方面有违国策行为，不可不问。据王云五记载，早在一九四二年四月他在重庆时，曾经派人去上海，见到张元济与办事处经理鲍庆麟，千叮咛万嘱咐，告诫他们切勿沾日伪的边。但后来迫于环境压力，还是加入了"五联出版公司"，印制教科书。王云五知道此事后大为不安，他说："固由敌伪之压迫甚力，为着保存资产起见，在沪商务当局于拒绝多次以后，不得不与出版教科书之同业数家，作此联合组织，俾不致有玷本身其情故可恕，然未能按照我所传达的意旨，宁牺牲资产而不与敌伪合作，致不幸而遭此意外的责备，则不免遗憾。"后来有人向高等法院监察处检举此案，牵涉到商务印书馆彼时驻沪经理鲍庆麟，但因鲍氏已经去世，而他家人和关系人多已离沪，侦查后没有进一步的措施，所以法律上的制裁才能幸免。

新万有，廿年的记忆

十年前有记者采访，他问道：做了二十年出版，最让你难忘的项目是哪一个？当时我毫不犹豫地说，是"新世纪万有文库"。十年后的今天，我已经做了三十年出版，如果再问我这个问题，我的回答依然如昨。

一个观点，二十年不变，不是因为我抱残守缺，也不是因为我再无进取，而是因为"新世纪万有文库"的魅力犹在，影响犹在，活力犹在。尤其是我由此接受了那样一个观点：文化是一个奇怪的东西，它的创新往往蕴含于守旧之中。没有旧日根基的传承，任何标新立异都很难站得住脚，很难经得住时间的考验。这不是我提出的观点，但它却在我的实践中屡屡得到验证。

一、从老到新的承继

那是在一九九五年，我主持辽宁教育出版社工作两年。一次到古旧书店淘旧书，买回一大摞当年商务印书馆出版的"万有文库"，翻阅之中，我读到王云五先生在上世纪三十年代，为出版"万有文库"所写的总序《印行"万有文库"缘起》。其中阐明出版"万有文库"的设计思想：论规模，"冀以两年有半之期间，刊行第一集一千有十种，共一万一千五百万言，订为二千册，另附十巨册"。论范围，"广延专家，选世界名著多种而汉译之。并编印各种治学门径之书，如百科小丛书，国学小丛书……"论市场经济，"一方在以整个的普通图书馆用书贡献于社会，一方则采用最经济与适用之排印方法，俾前此一二千元所不能致之图书，今可以三四百元致之"。论参与者，胡适之、杨杏佛、张菊生等均在其中。论编辑，王云五说："更按拙作中外图书统一分类法，刊类号于书脊；每种复附书名片，依拙作四角号码检字法注明号码。"后来王云五又主持出版"万有文库"第二集两千册，两集合计四千余册。记得在那些年，我对这段文字反复研读，多次在文章中引用，并且一再感叹：这样的文化理想，这样完整的出版思想，读罢我们真的无话可说！

此文对我一生影响巨大，首先他让我知道前辈的伟大，我们必须抱着谦虚的态度亦步亦趋；其次他让我找到一条从事出版事业的路径，即以普及大众的文库出版作为一生的文化追求；其三他让我萌发了承继前贤的愿望，提出出版一套"新万有"的设想。

二、从生到死的记忆

有了上面的认识，我开始向专家请教出版"新万有"的方法。首先是扬之水向我推荐杨成凯先生。京城真是一个藏龙卧虎的地方，你不知道在何时何地，会出现一位何等神圣。也是扬之水有眼力，初次见到杨成凯，他面上呆头呆脑，但讲起版本来，从古到今，从中到西，从南到北，条分缕析，头头是道，口若悬河，终日不倦。记得在一九九六年沈阳，杨先生为我们初论版本大势三分，篇幅数量应该在王云五四千册之上。由此引出"古代文化"部分，由杨先生亲自操刀；"外国文化"部分，由沈昌文先生操刀；"近世文化"部分，由陆灏先生操刀。三位统帅各取笔名曰：林夕、王土和柳叶，身后还加盟一大批专家如陈原、刘杲、傅璇琮、袁行霈、黄永年、王学泰、陈子善、傅杰等。当然沈先生及吴彬、扬之水等贡献极大，他们出面组织了一个庞大的编委会，成为丛书操作的重要基础。

就这样从一九九六年到二〇〇三年间，我们一共推出"新世纪万有文库"六集，每集都在百种上下。后来我因故被调离辽宁教育出版社，这套文库出版也逐渐销声。到二〇〇五年文库出版十年之际，我心澎湃，挥笔写下《"新世纪万有文库"十年祭》一文，发表在出版广角上，引来媒体与读者热议，《新京报》用五个整版的篇幅采访此事，其中有褒有贬，但我却真实地感受到这套书的影响与力量。直到今天，还有许多读者不断给我留言，希望能够重印这套文库；有些收藏者在网上拍卖全套"新世纪万有文库"，价格已经达到五万元以上。不过因为版权和出版能力问题，我一直没有办法满足读者的要求，深以为憾。尤其是今年八月间，杨成凯先生不幸病逝，让我深感岁月无情，从书到人，生死变迁，如此真实地在我眼前掠过。

三、再生的努力

二〇〇九年我来到海豚出版社工作，不久就向沈昌文先生提出重启"万有文库"的设想，希望找扬之水、杨成凯和陆灏商量。沈先生说现在前两位都成了大学者，忙得很，还是去找陆灏吧，他还在帮助王为松编"海上文库"，帮《东方早报》编"上海书评"，应该有办法。于是我们去上海找陆灏，经陆公子建议，我们才引出"海豚书馆"的故事。从二〇一〇年开始出版，目前已经有近九十册面世。这套书虽然形式上与"新世纪万有文库"不尽相同，但其精神实质是没有变化的，文化追求也是一以贯之。"海豚书馆"面世之初，沈先生曾写文章《"海豚书馆"缘起》，放在每册书前，文字极其感人。他写道："我知道海豚天使的故事——天使想给海豚一个吻，可是海太深了。海豚想给天使一个拥抱，可是天太高了。'天使，我如何才能得到你爱的馈赠？'海豚痛苦的低鸣。现在解决海豚痛苦的，不是别人，正是那位来自黄浦江边的著名渔人——陆灏。他结识那么多能写善译的天使，他们一定会给海豚以深爱……我高兴自己现在也还是'三结义'（沈、俞、陆）中的一员，虽然什么事也没力气做了。我今年七十九岁，能做的只是为人们讲讲故事，话话前尘。以后，可能连这也不行了。但是无碍，我不论在不在这世界，还是相信：二人同心，其利断金，俞、陆的合作会有丰富的成果。遥祝普天下的天使们，多为这两条来自祖国南北两隅的海豚以热情的支持！"

　　每每读到这里，我都会心怀感动，同时惭愧自己在前辈面前的无所作为；我也会鼓足勇气，力争为"新万有"之梦，再做一点实实在在的事情。

阅读基于私藏

近些年，有人提出要为全民阅读立法，一时引起许多议论之声。听闻此事，我脑海中跳出的第一个念头是：这提议有效与否、合理与否且当别论，关键是出发点很好，即使是政府的一种号召、一种呼吁、一种态度也好，它能给社会带来些许有益的提示，也是一件不错的事情。深一步思考，阅读风尚的提倡与培育，究竟应该起步于何处呢？人们的观点很多，诸如搞书展、搞读书月、搞讲座、搞图书馆、搞阅读运动等等，这些都是行之有效的办法。但是我思来想去，竟然觉得，真正的全民阅读，最应该落脚于"藏书"二字之上！而且在这里，我更强调私人藏书。

首先，读书与藏书，是一对互为充要条件的命题。不读书，何以藏书？不藏书，何以读书？此君爱读书，家中却一本书都没有；此君爱藏书，却从来不读书！显然，这都是不可能的。因此，检查一个地区大众阅读的水平，首先要看该处拥有藏书者的比重，这才是一个民族、一个城市、一个国家文化软实力的硬道理。

其次，我重点谈私人藏书，旨在说明两个道理，一是就大众阅读的特质而言，我们丝毫不能低估私人藏书的重要性。因为在一个健康的社会里，阅读是个人的事情，它是一种个性化的生活方式与情趣；同时私人藏书亦然，它们之间互为表里，相辅相成。因此由个人的行为，推而遍及社会，才是正途；不可以颠倒关系，使个人的阅读与私藏，受到社会因素的过分左右。二是我们必须看到，在以往的社会观念中，存在着对于私人藏书的轻视，甚至敌视。究其根源，一定有旧时代对于个人藏书的不信任，认为私藏就有隐秘"坏书"的可能性，就有反社会的基因存在云云。所以长期以来，私藏往往会与"禁书"联系起来，所谓"雪夜闭门读禁书"，正是对民间私藏状态的一种描述。其实"坏"是一个复杂的概念，有道德因素，有政治因素，有个人好恶等等，而好书与坏书的界定，往往表现着一个社会的宽容与进步程度。我记得"读书无禁区"的呼吁，已经是几十年前的事情了，随着时间的推移，此端的情况应该有所改善。

其三，我国私人藏书历史悠久，对中国文化绵延不绝，香火不断，贡献巨大。以秦代焚书坑儒为例，无论始皇帝如何政治正确，此事对文化的伤害却是不争的事实。汉代兴起之后，重新发现散落典籍的故事最多，其目标都在民间私藏之上。正如《汉书·艺文志》写道："至秦患之，乃燔灭文章，以愚黔首。汉兴，改秦之败，大收篇籍，广开献书之路。迄孝武世，书缺简脱，礼坏乐崩，圣上喟然而称曰：'朕甚闵焉！'于是建藏书之策，置写书之官，下及诸子传说，皆充秘府。至成帝时，以书颇散亡，使谒者陈农求遗书于天下。"刘歆《七略》也写道："孝武皇帝，敕丞相公孙弘，广开献书之路，百年之间，书积如丘山，故外则有太常太史博士之藏，内则有延阁广内秘室之府。"北周诗人庾信曾经撰文，对汉武帝聚书之事大加称赞："献书路广，藏书府开。秦儒出谷，汉简吹灰。芝泥印上，玉匣封来。坐观风俗，不出兰台。"你想，若无民间藏书献书，达到"百年之间，书积如丘山"，自秦代以降，中国文化会是什么样子呢？孔子曰："礼失而求诸野"，结合此段民间私藏的贡献，实在有让人感慨之处。

最后，我想说一说中国近百年来，两位最让我敬佩的私藏大家，他们的贡献，不仅在于承继中国私藏图书的传统，而且将其所藏之书化为天下公器。一位是张元济，张先生是出版家，参与发展商务印书馆，并且在馆中建立涵芬楼，后改称为东方图书馆，其中存书最多。正如王云五所言："商务印书馆编译所附设藏书处，命名为涵芬楼，收藏善本及一般参考图书，旁及外文图书达数十万册；不仅为私家藏书之冠，即方诸彼时规模最大之公立图书馆，亦无逊色。"一九三二年"一·二八"事变爆发，日本人轰炸上海，他们的目标直指商务印书馆，造成总厂全毁，东方图书馆几十万书籍片纸无存，焚书的纸灰弥漫在空中，持久不散。被人们称为自火烧圆明园以后，最令人痛心的文化惨剧。一位日军司令写道："烧毁闸北几条街，一年半年就可以恢复。只有把商务印书馆这个中国最重要的文化机构焚毁了，它则永远不能恢复。"从反面可见仇敌对中国文化的看重。但几年之后，张元济、胡适、王云五等人集聚各方力量，又将东方图书馆恢复起来，藏书又达到三十余万种。

另一位私藏大家是王云五，他一生的业绩，重点也在出版，曾经出任商务印书馆编译所所长、总经理和东方图书馆馆长。王云五自学成才，早年即有藏书嗜好。除了上述商务印书馆的工作，他个人也喜好藏书。一九二一年，王云五三十几岁时，胡适去他家中拜访，回来后在日记中写道："他是一个完全自修成功的人，读书最多，最博。家中藏西文书一万两千本，中文书也不少。"一九四九年，王云五离开大陆之前，个人藏书达八万多册，其中中文木版书四万余册，中文铅印影印书三万数千册，西文书约七千册。到台湾后，王云五旧习不改，又开始个人藏书，并且建有三个书斋：外书斋、内书斋和疏散书斋。到二十世纪七十年代初，王云五在二十余年间，藏书又达到三四万册，他成立"云五图书馆基金会"，自己捐一百万元新台币，买了一所房子，成立云五图书馆，将个人藏书全部放置其中，向社会开放。此时，王云五已经八十五岁了。一九七七年，王云五九十岁时，还在登报声明，亲朋好友所送寿礼一律不收，只收赠书，放在云五图书馆中，供读者阅读。当时有许多名人响应，连时任"三军大学"校长的蒋纬国，都送上自己的十二本著作。前不久我去台湾，拜见王云五后人，他们说，目前王云五留下私人藏书有十余万册，存放在台湾佛光大学图书馆，向读者开放。

文章及此，我的话题由阅读而私藏，由私藏而谈古说今，一唱三叹，越说越远。回到近处，细细思想，我目光所及，身边的师友、同事、同人、作者……私藏图书的人，不知不觉中，愈发多了起来：香港之董桥、林道群；北京之韦力、谢其章、杨小洲、祝勇；上海之陆灏、陈子善、江晓原；深圳之胡洪侠；台湾之吴兴文……我们这个国家，号称五千年文明绵延不断，我却曾经悲观地写过一篇文章《历史在糟粕处断裂》，专论旧时代对于文化的摧残。现在看到身边的人，私藏图书的热情日渐兴起，心中总算燃起一点希望，同时也流出一些恐惧：但愿我们的族群，像秦火那样，像"文革"那样，扼杀文化的厄运，永远不要再来！

附言：近些年有人提出"盛世修典"，主体讲的是官修、官藏。其实历朝历代，图书的官修、官藏一直是社会主流，并且正面的贡献也不小，比如《永乐大典》《四库全书》等，均有功于后世。但是副作用也很大，因为官修典籍，一定要与当朝政治结合起来，所谓政治正确、取其精华、去其糟粕等，都会有相应的时代标准。即使秦始皇焚书，也并非一概烧毁，他也有一个筛选标准。正如《史记·李斯传》中写道："臣请诸有文学、诗、书、百家语者，蠲除去之，令到三十日弗去，黥为城旦。所不去者，医药、卜、筮、种树之书，若有欲学者，以吏为师。"

最严重的事件是清代《四库全书》，它在留下文化贡献的同时，也成为人类历史上最大规模的毁书事件。有记载称，清乾隆编纂《四库全书》时，销毁不利于大清政府的书籍，总数为一万三千六百卷；焚书十五万册。销毁版片总数一百七十余种、八万余块。另外编纂者还擅自更改典籍内容，不但明人作品遭到大力剿灭，而且还殃及两宋。如岳飞的《满江红》名句"壮志饥餐胡虏肉，笑谈渴饮匈奴血"，被改为"壮志饥餐飞食肉，笑谈欲洒盈腔血"。鲁迅在《病后杂谈之余》中写道："不说别的，单看雍正乾隆两朝的对于中国人著作的手段，就足够令人惊心动魄。全毁、抽毁、剜去之类也且不说，最阴险的是删改了古书的内容。乾隆朝的纂修《四库全书》，是许多人颂为一代之盛业的，但他们却不但捣乱了古书的格式，还修改了古人的文章；不但藏之内廷，还颁之文风较盛之处，使天下士子阅读，永不会觉得我们中国的作者里面，也曾经有过很有些骨气的人。"所以鲁迅说："清人纂修《四库全书》而古书亡。"

鲍曼：文化的是与不是

我的文章要从一位西方社会学家谈起。他的名字叫齐格蒙特·鲍曼（Zygmunt Bauman），波兰籍犹太人。他一生著述六十余种，目前已经年近九十岁，依然笔耕不辍。这些年，鲍曼著作被大量译成中文，赢得许多中国读者的关注与喜爱，我也是其中一分子。

总结人们喜爱鲍曼学说的原因，我觉得，虽然鲍曼后来的身份是一位西方学者，但他早年是一位地道的共产主义者。二战时期，由于受到种族主义迫害，他从波兰逃亡到前苏联，参加了在苏联的波兰军队，二十世纪五十年代，他成为军中最年轻的少校。那时他坚信共产主义理想，正如他的妻子在回忆录中写道："他的信仰如此坚定，但其推理又是完美和清晰的。他解释道：在最美好的共产主义制度下，没有反犹太主义的任何空间，没有任何社会仇恨。"见到党内出现问题，他认为"那只是暂时的脆弱现象"。他说："不打破鸡蛋，你就不能得到煎蛋。"但是后来，这里也发生了反犹太人的事情，鲍曼被军队撤职，他只好进入华沙大学任教；六十年代，他成为很著名的社会学学者。不久，反犹太事件再度发生在鲍曼身上，他被学校公开罢免，导致他离开波兰，来到以色列，再到加拿大、美国、澳大利亚，七十年代到英国利兹大学任社会学教授。由于有这样的生活背景，鲍曼的社会学，无论是论说共产主义的事情，还是资本主义的事情，都与那些纯粹的西方学者很不相同，总会多了一个视角，显得客观、理智许多，便于理解。他叙述问题的风格和语境，也会跳跃于两种思想形态之间，让我们在阅读时，时而产生貌似熟悉的感觉。

其实这只是表面现象，深一步分析，由于有这样丰富的生活背景，鲍曼的学术关照往往会更全面、更真实、更少雾里看花的东西，经常会给人以耳目一新的感觉。比如他在描述现代社会形态时，特别喜好的一个英文词语是liquid（流动的）。他的许多著作都是以此为主题，展开生动的论说。尤其是进入二十一世纪，在他八十岁高龄之后，流动的情结愈发强烈，他的著作如《流动的现代性》《流动的爱》《流动的生活》《流动的恐惧》《流动的时代》《来自流动世界的四十四封信》和《流动世界中的文化》，以"流动"为背景的著作一部接着一部，不可抑制。在那里，鲍曼的理论是那样具有个性特征，那样具有鲜活的生命力，那样与众不同，那样说理清楚，怎么会不赢得读者的关注呢？更重要的是，鲍曼又是一位生动而敏锐的政治预言家，无论是面对马克思主义的理论，还是面对资本主义社会的现状，他都会本着客观、发展与变化的态度，不墨守成规，不盲目崇拜，不停止思考！将他的理论一步步推演下去，以求推助人类社会走出现实的困境。总之，鲍曼是后现代性阵营中，一位既充满激情又极其冷静的斗士！

现在，我们以鲍曼的著作《流动世界中的文化》为例子，看一看在他的笔下，在后现代性的理论剖析中，我们最关注的概念——文化，在现代社会中有了怎样的变化。正如本文的题目所言，过去的"文化"是什么？现在的"文化"不是什么？其中许多观点很新鲜，也有些离经叛道，但很有启发性。

其一，鲍曼认为，过去的文化是单食性的，现在的文化是杂食性的。所谓"单食"，是说不同社会阶层的人，拥有不同的文化内容。比如文化精英人物是高雅艺术的拥有者，他们鄙视社会底层的低俗艺术，因此文化精英还有教化民众的职责。但是现在，情况变了。随着消费时代的到来，文化精英的单食性追求正在迅速消失，而在不自觉中走向杂食性生存，他们既热衷于聆听大型歌剧，也不拒绝卡拉OK。究其原因，大约有三点：首先文化不再担任消灭阶级的重任，因此它维护于某一个阶层的责任也随之失去了动力。其次是以消费为导向的流动社会，它的发展动力依赖于不断创新产品，不断刺激消费者；而"文化"被裹挟其中，也走上服务于营业额为导向的道路。正如有观点说："只要有认同者，你的作品就是艺术。"在这样的环境中，文化单食性以及经典性的追求，早已经消失得无影无踪。另外,同样在消费经济的刺激下,流动社会的基本特征,就是让人觉得处处都像家一样自在,尽管没有哪个地方让我们称之为家。在这样的背景下,急于表现且善于表现的文化精英们,几乎是迫不及待地抛弃传统的束缚,向杂食性世界冲锋!

其二,鲍曼认为,过去的文化是用于启蒙的,现在的文化是用于引诱顾客的。所谓文化启蒙,我们可以从英文Culture(文化)一词得到启示。这个词最初来自法语,法语又源于拉丁语*Cultura*,原意为耕种、种植。欧洲走出中世纪的黑暗之后,这个词又引申为开化与教化,即所谓启蒙。长期以来,以欧洲文化为中心的乐观主义态度认为,文化启蒙具有无限的可能性,甚至认为它是达到世界大同的唯一途径。其实在中国,这样的观念久已存在,像《周易》中讲"观乎人文,以化成天下",此中强调圣人教化天下的责任,也与西方启蒙思想大同小异。但是现在,情况变了。以欧洲中心主义为背景的文化启蒙功能,在迅速地消失。鲍曼认为,发生这种变化,主要基于三个原因:首先是启蒙对象消失了,因为近现代意义上的文化启蒙,产生于现代移民史的第一个阶段，即欧洲约六千万人迁居到国外的"空地"。它带来的殖民化运动，为文化启蒙带来了特殊的历史责任。但是随着全球化的到来，移民的情况倒了过来，大量移民涌入欧洲，文化精英的启蒙追求，被文化多元主义所替代，甚至"人权"的主导追求，也被赋予了"差异权"的内涵，不同文化族群的高低贵贱之分，受到空前的唾弃。其次是市场化使文化产品完全走向商品化，因此也改变了文化受众的地位，使他们由受教育者变成了上帝——顾客！如果说，从前的文化精英与受众的关系，更像是军官与士兵的关系，那么进入商品社会之后，他们的关系更像园丁与蜜蜂的关系。因为顾客的本质特征，显然与士兵大不相同，他们在消费时，个性、自主、善变，自由流动，稍不小心，不是顾客受到处罚，而是文化商品的制造者被踢出局。从前王尔德曾经说，有教养的人或曰文化精英是"上帝的选民"。但是现在，顾客却成了上帝。情况逆转如斯，你还能说什么？另外，在现代社会中，流动性占据了主导地位。文化制造者的核心追求，是不断推出新产品，淘汰旧商品；不断激活受众的注意力，消除他们的满足感；不断缩短产品的更换周期，以求在创新的旗帜下取胜；不断追求时尚精神，以求在制造过剩产品的同时，能够战胜对手，脱颖而出。尤其是当世界进入网络化之后，这样的流动性更加快速，更加透明，更加无处不在，最终转换为一种商家之间的生死较量。在这一层意义上，文化经典的传承性、不变性和稳定性追求，几乎成了它自身存在的死穴。

其三，鲍曼认为，过去的政府是在管制文化，现在的政府是在服务文化。人类进入近现代文明之前，即所谓封建社会，对文化的管制最为严酷。比如欧洲走出中世纪的黑暗，其最重要的标志就是文化复兴，由此产生了十八世纪文化启蒙运动，那时政府的使命是启蒙人民、教育人民。但是历经三百年之后，情况发生了深刻变化。鲍曼以法国为例，讲述了这种变化的三个阶段：第一阶段是十八世纪，文化是革命行动的号令，是一种救世的信仰；第二阶段是十九世纪，文化更多地关注民族自决权，捍卫依然脆弱的民主；第三阶段是二十世纪末，它更多地关注多元文化的推进，强调政治民主与文化民主相辅相成。其实法国直到一九五九年才成立文化事务部，第一任文化部长马尔罗为文化部确定的职责是，尽可能地使法国人接触到人类最伟大的艺术作品，尤其是法国的伟大作品，宣传法国的文化遗产，使之能有更多的受众。但是马尔罗拒绝制定文化优劣的标准，拒绝承担文化教育的任务，用总统蓬皮杜的话说："艺术不是一个行政范畴，但却是或应该是生活的框架。"马尔罗还强调文化部要努力创造三个机会：为创造者提供创造的机会，为艺术家提供精益求精的机会，为大众提供接触优秀文化的机会。鲍曼在总结法国文化管理经验时说，法国的文化模式，完全符合毛泽东那句"百花齐放"的名言，但那是友善的、真诚的，而不是虚拟的。

总之，对于文化的现代表现，鲍曼还有许多见解，有些我们可以接受，有些我们难以接受。他更多是在强调一种变化——社会流动带来的变化。至于我们该如何做呢？还需要独立思考。

全球化：现代性追求的挽歌？

"全球化"是一个时髦的词汇，它充满了褒义，充满了诱惑，充满了想象。通常人们看到这个词语，往往会想到：自由、平等、地球村、经济繁荣、消除差异、资源共享，甚至是一次全人类的环球旅行……

但这只是一些面上的理解。在社会学家齐格蒙特·鲍曼的头脑中，"全球化"的产生与前景，远没有人们憧憬得那么美好。非但不美好，而且处处都存在着致命的问题。伴随着人们占领地球村的每一个角落，伴随着所谓现代化在人类社会的普及，伴随着"发展中国家"概念的逐渐消失，人类社会的危机，正在一天天向我们逼近。

为什么？因为罗莎·卢森堡曾经指出："非资本主义组织是资本主义增长的沃土：资本以这种组织的废墟为养料而生存，尽管此类非资本主义环境是资本积累必不可少的，但资本积累却是以这种媒介为代价的，通过将其吞噬得一干二净而前进的。"所以鲍曼说，这就像一只吞噬着自己尾巴的蛇，当尾巴与胃之间的距离越来越短的时候，这个过程一定会结束。而"全球化"，正是这种"噬咬"的晚期，或者说，是最后的辉煌！

如上理论，听起来有些虚空，还有些骇人听闻，甚至会让人联想起很早以前，列宁那个著名的论断："帝国主义是垂死的、腐朽的、寄生的资本主义"云云，它很有点翻版的味道。但鲍曼的思考并未停留在这里，他在晚年，运用他的亲身经历与社会学理论，通过一系列著作，不断地剖析人类社会进入现代性轨道之后，产生的种种问题。包括"全球化"给现代社会带来的负面影响，也是多得不得了。因为鲍曼认为，从本质上说，全球化是一个强大的、无法规制的、政治上失控的过程。因为没有一部全球化的法律，来管理这个复杂的世界，而且全球化造成国家政体的空前弱化，加上国家边界的模糊，因此造成了所谓"政治真空"或曰"政治免疫"地带的出现。它导致的结果是，曾经存在于现代主权国家的权力，大部分被转移到全球的"流动空间"中，进而产生新的"边疆地区"。下面我们看一看，鲍曼列举的几个例子：

首先，全球化进程最为壮观、同时又最具潜在威胁的后果，就是越来越严重的"全球犯罪化与犯罪全球化的产生"。鲍曼说，这个时代，黑手党如此兵强马壮，都是史无前例的。单以"移民"一项为例，它的动力之一正是犯罪组织的推动，二十世纪九十年代，他们每年从中获利达到三十五亿美元。更有甚者，一些国家政府装作没看见，甚至还默默支持。像菲律宾，他们通过过剩人口的出口，获得丰厚的利润，用以平衡国家预算，偿还政府债务；美国、日本等发达国家，却通过法律，接受这些廉价劳动力，并不在乎这些人口流动的渠道，究竟是黑道还是白道，或者黑白混淆。

目睹这样的全球化后果，鲍曼十分忧伤，他甚至想起当年奥威尔《一九八四》中塑造的"老大哥"（Big Brother），他调侃道，老大哥可以运用越来越精确的设备，以及越来越阴险的手段，时刻"正在盯着你"；但是在全球化空间里，却没有这样的"老大哥"存在，而那些强大的黑手党，正是遁形于这个空间之中。

其次是全球化造成更为严重的问题，不只是黑手党，还有那些无犯罪记录的人。因为全球化创造了新的空间形式，正如豪克·布鲁克霍斯特所说，这是一个流动的空间，在那里，全球性法律的执行，"是远远脱离政治的，它没有宪法的形式，它没有民主，从下至上都没有等级，没有牢不可破的立法机构"。尤其是"国际法的实施，取决于有力量执行这样的法律的人的意愿"。

在这个超越管辖的"全球化空间"中，全球化的核心本质变成了如下事实：一个国家中的公民，他的经济状况，已经超出了这个国家的控制；他在这个国家挣的钱，没有法律限制他必须花在这个国家。因此形成了一个全球性的富人阶层，他们作出的所有经济决策，独立于任何国家的法律之外，更不用说选民的意见了。所以说，由于缺少一个全球化的政体存在，那些富人可以自行其是，丝毫不用关心别人的利益。（理查德·罗蒂语）

再有是移民潮的出现，它从现代性和现代化发生之初就开始了，并且伴随其始终，是现代化生活方式不可分割的一部分。鲍曼将现代移民史划分为三个阶段：第一阶段是欧洲约六千万人迁移到国外的"空地"。那时强大的欧洲，是地球上唯一的现代化地区，也是唯一人口过剩的地区，但他们的迁移却打着"教化原住民"的旗号，或者根本无视原住民的存在，因此称其为"空地"。第二阶段是伴随着殖民帝国的衰落，那些受过教育的"原住民"，跟随着殖民主义者回到了他们的祖国，成为那里的少数族裔，最终被同化。第三阶段是在全球化的背景下，出现的一个大移居时代。它的基本特征是"移民社群"的大批出现，他们遍布在许多主权国家的领土之上，他们保持着自己的民族、宗教和语言，他们只接受全球生存资源和生存机会再分配的逻辑，因此他们既不理会原住民的意见或优先权的要求，也不遵循传统帝国为他们预先制定好的移民路线。今天，几乎没有一个国家是完全的迁出国或迁入国。

鲍曼说，人们对于"全球化"最大的担忧，正是在"移民潮"上，它汹涌澎湃，它不可抑制，它方兴未艾。在现实中，它造成了人类社会的许多改变，因此也引起人们的诸多焦虑与恐慌。比如，移居他乡的人，不再以融入当地文化为目的，而是努力保持自身文化的存在，甚至挑战当地文化的权威。在这样的背景下，原住民逐渐被"陌生人"所包围，以往的一切传统都在被逐渐打破，以往的民族与国家的一切辉煌，都在逐渐成为传说与神话。更重要的是，鲍曼在表面危机的背后，又挖掘出人类社会更深层的危机。

其一，多元文化主义的盛行，但其本质已经发生了变化，它实际上变成了"多元社群主义"的替代词，表达着"迁居时代"文化混乱现状，以及政界和文化界，一种无奈和消极的态度。

其二，国家的定义与职能，正在发生着巨大的变化。举几个例子：一是国家已经由从前强调福利模式，转变为强调处罚模式，用以限制移民潮的涌入，力求达到"允许出，不许进"的国家常态，但是依然无法扭转"原住民被陌生人包围"的态势。二是当代许多非常规性的战争，几乎都不是由国家正规发起的；尤其是一些最残酷血腥的战争，都是非国家实体造成的。三是国家的监狱，也由人类的回收再造功能，转变成了废品处理站。四是面对原住民与移民潮的混居状态，政府拿不出积极的解决方案，只好采取"分而治之"的消极态度。五是为了消除眼前的忧虑，全球秩序的管理者们，需要不停止、此起彼伏的局部动荡。六是把人与人之间的种种不平等，一律当作文化差异，冠以文化多样性、文化多元主义的称号，最终堕入消极的全球化圈套。总之，它产生的直接后果，就是国家功能弱化，最终导致权力真空、政治真空、无人监管和区域失控等社会现象的出现。

其三，以欧洲文化为代表的文化自信，已经在逐渐消失，或者说正在发生着深刻的改变。比如，他们宣称，如果有人提供一个优异的文化阶层制度，我们就完成同化其他文化的任务。但是鲍曼说，这个"制度"的存在，就像阿基米德试图撬动地球的那个"支点"一样，理论上存在，现实中却找不到。因此人类文化的未来如何，谁会独领风骚，都成了未知数。这让我们想起爱尔维修宣称"教育万能"的时代，那时的"文化"，被定义为三个特征：一是乐观主义，即相信人性改变的潜力是无限的；二是普遍主义，即这种认识适用于全人类；三是欧洲中心主义，因为它是欧洲的发现，以及有欧洲的成功模式为证。可是现在，谁是那个"支点"的问题，都在发生着动摇和迷失，难道他们真是那么脆弱、那么不堪一击么？

其四，知识分子的背叛，鲍曼认为，在全球化的时代，人类文化产生如此混乱的局面，究其原因，知识分子的态度起到了不好的作用。首先面对混乱的局面，知识分子需要有直面的勇气，"但他们的这种品质，已经在追逐专家、学术权威和媒体名人等名利地位的过程中弄丢了。这正是现代版的知识分子的背叛"。他们的表现诸如：将社群文化的混乱与冲突，披上"文化多样性"的外衣；将人们生存状况的不平等，称之为生活方式的选择不同而造成的；将种族主义对不平等的解读与"完美社会秩序"的构建混淆起来等等。正如拉塞尔·雅各比《乌托邦之死》中写道，当代知识阶层对人类境况的理想形式，没有什么要说，或根本就无话可说。正因为如此，他们才寻求多元文化主义这个"意识形态终结的意识形态"的庇护。鲍曼说，这一切表现，都背叛了知识分子大胆尝试、英勇无畏的传统。他们由承认差异权，异变为漠视差异权，"社会拯救从此不再"（米兰多拉语）。他让人们想起中世纪晚期的上帝，"对善恶漠不关心"。或者说，"他们只关心自己的面包大小，而不关心整个面包的大小"。

其五，鲍曼悲观地指出，对于如此危害人类社会的"全球化"浪潮，我们还有两个"没办法"。一是我们没办法停止"全球化"的脚步，"只要现代性（永久的、强制性的、强迫性的、成瘾的现代化）还是一种特权，这种情况就会一直延续下去"。再一是由于"全球化"带来的模糊性社会存在，我们只对人类的安全担忧，却没办法知道哪年哪月哪日哪时，会有哪些事件发生。正如尤利·沃特曼所言，这种全球化疆域，好像是一个雷区，在那里，人们肯定地说，这里会发生爆炸，但是在什么时间、什么地点发生，却只能够依靠猜测。

读到这里，我的泪水几乎奔流下来。我之所激动，并不仅在鲍曼论说的内容本身，还有另一种力量的存在，冲决了我的情感堤坝。那就是鲍曼一干人马，他们对于人类社会作出如此细密、坦率和诚实的思考，这样的态度，既是一种生命活力的表现，又是一种社会形态生生不息的基础。尤其是其中所蕴含的一些先进的社会属性，表现为人类社会的进步，以及人的解放，恰恰是我们所缺乏的东西。当然，如果作进一步的思考，还有绅士风度、批判精神和求胜意志，也是我们需要学习与追求的优良品质！

注：本文阅读背景，《废弃的生命——现代性及其弃儿》《流动世界中的文化》。

人口过剩：富人还是穷人？

　　早在十年前，社会学家齐格蒙特·鲍曼，在他的《废弃的生命》一书中指出："我们的星球已经满载。"他说，这里"满载"的意义，与自然地理无关，甚至与人文地理无关。因为在现实社会中，人口稀疏地区的面积，或者说不适合人类居住的地方，以及无法支撑人类生存的"无人区"，还在不断增加。这当然是现代性，即技术进步、经济发展带来的恶果，诸如土地沙化、农田荒芜等自然环境的破坏，又为地球的满载，加上极不光彩的注脚。

　　那么，"我们的星球已经满载"这句话，所指何处呢？鲍曼说，这是对社会学和政治学而言的，"它不是指地球的状况，而是指地球居民的生存方式和方法"。我们知道，在现代史上，富有国家有一个传统的做法，那就是向一些"没有人类定居的，或者说没有主权政府的地区移民"，即所谓殖民主义。长期以来，殖民者将这样的行为，冠以种种好听的名目；但鲍曼认为，殖民政策不过是现代化的国家，在向地球上的空地，倾卸"人类的废弃物"；而那些所谓"空地"，不过是他们的"垃圾场"。现在，经过几百年的变化，这样的地域消失了。所以说，在此种意义上，地球已经满载。

请注意，这里鲍曼所说的废弃物，并不是通常意义上的生活垃圾，而是人，或曰人类废品（human waste），或曰废弃的人口（wasted human）。他们的定义是"多余的"或"过剩的"，指那些不能或者人们不希望他们被承认，抑或被不希望允许留下来的人口。鲍曼说，废弃人口的产生，既是现代化不可避免的产物，也是现代性不可分离的伴侣。

及此，我们需要回答一个问题，那就是在现代化的进程中，产生废弃人口的原因是什么？鲍曼认为，主要有三个原因。首先它是"秩序构建"必然的副作用，即每一种秩序的建立，都会使现存人口的某一部分，成为不合适的、不合格的或不被需要的。其次它是"经济进步"必然的副作用，也就是说，这种进步必须要贬低一些曾经有效的"生存"方式，因此也一定会剥夺依靠这些方式生存的人的谋生手段。最后它是"全球化"必然的副作用，它带来现今最高效也最难于控制的人类废品，或者废弃人口的生产线。尤其是在现代化走向全球化之前，局部的"发达国家"产生的过剩人口，还可以由"发展中国家"或者地球上所谓的空地来消化；但是当全球化到来之时，那个观念——"我们的星球已经满载"，就愈发真实地展现在我们的面前。人口过剩，也由相对的过剩，或曰局部的过剩，转化为绝对的过剩，或曰全球的过剩。

厘清"人口过剩"的三个原因之后，我们有必要对于一些重要的概念加以说明。

其一，过剩与失业不同，因为失业只是人生的一个过程，过剩却是人生的一个结果；失业的人还是有用的人，过剩的人却是无用的人；失业的人还被划归为生产者，过剩的人却被划归为社会救济的对象；在全民就业的追求中，失业的人还有自食其力的目标，过剩的人却始终都是社会的累赘；失业的人作为待业大军，是就业大军不可或缺的一部分，过剩的人却已经脱离了社会，等待他们的只有垃圾场；失业的人依然会受到社会的尊重，过剩的人就不同，因为他们是社会的负担，是人类的垃圾。

在谈到过剩人口的悲惨处境时，鲍曼列举了一个例子。其中谈到现代社会抑郁症病人激增的情况，根据一个基金会统计，在一九八一年，一九五八年出生的人，有百分之七患有非临床性抑郁症；在一九九六年，一九七〇年出生的人，有百分之十四患有非临床性抑郁症。一般将这种抑郁症人数的高速增长，归因于青年一代就业艰难。鲍曼认为，这里需要厘清失业与过剩的不同，更多的原因，还是现代化带来的人口过剩，导致一代人甚至几代人的绝望。

其二，人口过剩，是穷国造成的，还是富国造成的？换言之，如今的世界上，是穷人太多了，还是富人太多了？这个问题的提出，便切入了本文的主题。按照通常的观点，一谈到"人口过剩"，人们马上会想到生育问题，而"越穷越多生孩子"，几乎自然地与人口过剩联系起来。比如，鲍曼列举一家"地球政策研究所"的研究结果，在二〇〇二年，这个研究所在一份报告中指出，"发达国家"妇女的生育率，已经低于二点一个孩子的"替代水平"；而生育率最高的国家，正是那些最穷的国家，如阿富汗和安哥拉。因此得到结论，人口过剩正是由这些穷国造成的；解决人口过剩的问题，关键是解决贫困国家的生育问题。

鲍曼认为，这是一个错误的、可笑的结论。因为这些高生育率的地区，大多是原来人口密度最小的地区。比如非洲，每平方英里有五十五个人；整个欧洲，即使算上俄罗斯西伯利亚大草原和永久冻结的地带，每平方英里有二百六十一个人；日本每平方英里有八百五十七个人；荷兰每平方英里有一千一百个人等等。《福布斯》杂志的一位副总编辑，他在一篇文章中指出，假如将中国和印度全部人口迁移至美国大陆，这里的人口密度，也不会超过英国、荷兰和比利时。但是，在亚洲和非洲人口过剩的警告不绝于耳的时候，却没有人认为荷兰的"人口过剩"。

对此，鲍曼一针见血地指出，这正是"富国政治"或曰"富人政治"在作祟。就世界水平而言，相对较少的富国人口消耗的能量，大约占世界能源消耗总量的三分之二。在一九九四年开罗"国际人口和发展会议"上，一位学者保罗·埃尔利希，曾发表题为《太多富人》的演讲，其中讲道："人性对于地球生命支持系统的冲击，不仅由生活在地球上的人口数目决定，也取决于这些人的行为如何。考虑到这一点，情况就完全不同了：主要的人口问题存在于富国。实际上，是富人太多了。"鲍曼说，这是一个令人尴尬的问题，原来这个星球上真正的乞讨者、食客和寄生虫，是那些富人！而我们为"人口过剩"，不断攻击过剩、多余生育的时候，还在"无商量余地"地誓死保卫富人的利益。

其实，"人口过剩"这个词在英语中出现，还不到一百五十年。而最先进入现代化社会的国家，一直对"移民"有着浓厚的兴趣，将其当作消解"人口过剩"的有效方法。比如一八八一年，当英国皇家农业专员问农工工会领导"如何减少劳动力数量"时，那位领导就答道："在过去八九年里，我们向加拿大移民七十万人，有男人、女人和孩子。"至于富国保持它富有的状态，不断移民，不断攻占这个星球上的"空地"，那些血腥的故事实在太多了。达尔文说："欧洲人到哪里，死亡就会追逐着那里的土人。"其实达尔文的这句名言，我很早就已经知道，但是，只有在鲍曼的口中说出来之后，我才知道了它更多的历史含义！

俱往矣！在现代化遍布全球的今天，面对全球化甚嚣尘上的现实，富国或曰富人的故事，还能怎样讲述呢？尤其是当中国等所谓"金砖国家"，也像风一样，大踏步奔向富国行列的时候，这个故事，还能怎样讲述呢？

注：本文阅读背景,《废弃的生命——现代性及其弃儿》。

时尚：人类社会的永动机

我们知道，齐格蒙特·鲍曼是一位经历复杂的社会学家，他是一个犹太人，早年在种族主义的逼迫下，他被迫进出于两种社会形态之间，最终形成了他独特的学术视角。直到老年，鲍曼的精神世界依然满园春色。在他的眼中，人类社会是一种流动的存在，一切事物都在流动中发生变化：文化的功能已经被改变了模样，它不再拥有启蒙的功能，更像是一个面向顾客的销售商；人权已经改变了模样，它不再只关心人类的生存权，更关心文化差异权的存在；阶级或曰阶层的生存状态也已经改变了模样，他们已经失去了单食性的追求，因此也模糊了阶层的边界，失去了等级的尊严。但是，产生这种流动的原动力是什么呢？面上的表现是全球化、市场化以及网络化等社会结构的改变，但深一层思考，它们的动力之源却是"时尚"。

鲍曼认为，时尚存在的最重要标志，是它永远处于一个"正在变化"的状态，否则时尚就消逝了。在这一层意义上，时尚是一个永动机，它的表现违背了物理学原理，打破了所有的自然法则。比如，它的运动很像一个钟摆，但是在动能与势能的转换过程中，它的能量非但没有损耗，而且还在不断增益，从而达到钟摆永远摆动的目的。这是一个违反物理常识的现象，但它却真实地存在着，因为它不是一个物理现象，而是一个社会现象。那么，是什么力量，促成时尚的这种表现呢？

鲍曼说，时尚产生的原动力，奠基于人类追求的矛盾性本质。比如，每个人既渴望对于团体的归属感，同时又渴望自身的独立性；既需要社会的支持，又需要自身的独立；既希望与别人相同，又希望自己独一无二。归结起来，在人类内心中，有两个概念一直在作祟，那就是安全与自由：人们既渴望为安全而握手，又向往为自由而放手！进言之，人们既害怕差异，又害怕失去个性；既恐惧寂寞，又恐惧失去独处的自由。鲍曼说，最典型的例子是大多数婚姻的存在（他在"大多数"后面打上问号），安全与自由不能彼此独立存在，但共存也来之不易。正是安全与自由这样一对矛盾现象的共处，造成了人们的关系和心理，一直处于一种高度紧张与暗流涌动的状态，直至生命结束。而这种与生俱在的矛盾心理，正是社会创新与变化的原动力，也是时尚产生与永动的根本源泉！

有了这样的背景，时尚就可以为人们创造出许多可能性：首先，时尚作为一种特殊的生活形态，帮助人们在求同与求异上达成妥协。也就是说，人们最初追求时尚时，是一个求异的开始；但当追求者蜂拥而上时，原本时尚的事物，开始走向平庸、趋同。于是个性消失了，新兴的事物又会涌现出来，诱导人们抛弃旧的事物，步入新的追求。其次，时尚是人们生活方式的破坏者，或者说，它破坏的是一种生活方式的惯性，而不是生活的全部。它的破坏，使人们的生活方式始终处于一种革新的状态之中。其三，时尚最美妙的形容词是进步，但是这里的"进步"一词，已经脱离了它的传统意义，更像是在阐释一个势不可当的行进状态，它完全不顾及人们的愿望和情感，只要求你"不能与之为敌，只好与之为友"。

在时尚演变的过程中，它带给人们最大的刺激，是每个人都希望改变自己，寻找自我，从而不被流行裹挟，比如换一件衬衫、袜子、电脑、手机等，但这样做，又使你再次陷入追求时尚的圈套。尤其是这一次"陷入"，又有了与此前不同的认识，从前你有被动的感觉；此时或此后，你好像既有了自主性，又有了安全感，你好像已经主宰了自己的生活。其实在时尚的控制下，你始终在一个"服装摊"上，不停地挑选新近的商品，不断地更换着自己的着装，在时尚的牵引下，不断地前行。它实际上，也是一种新式的乌托邦："不是乌有之乡，而是乌有之路。"

鲍曼将这样的社会比喻为一个猎场，其中的猎人是全职的，没有时间做别的事情。猎人最大的兴趣不是捕获猎物，而是"下一个目标是什么"。这样带来的结果，其一，这是一场永无休止的狩猎，因为猎人的追求不是"这一个"，而是"下一个"；其二，打猎变成了毒品，猎人消除毒瘾的唯一办法，就是设计下一次捕猎计划；其三，猎人最大的快乐不是捕到猎物，而是对下一个猎物的渴望；其四，猎人最大的恐惧不是捕不到猎物，而是捕到猎物后，被宣布狩猎结束，勒令出局。因此鲍曼说，这样的"猎场"提供给人们的，是一个非正统的乌托邦，猎人不是在奔向乌托邦的生活，而是在乌托邦里的生活，因为在这里，道路或曰过程本身就是乌托邦。

可以肯定地说，鲍曼对于人类社会存在方式的分析，有些残酷，让人产生某种绝望与不知所措的感觉。正如神话中说，在某一个星球上，生存着两个族群，其中一个族群追求理想的生活境界，他们的生活目标永远是"未来"，因此被称为乌托邦；另一个族群退而求其次，追求实实在在的生活，结果发现，他们也陷入了一种乌托邦的境地，只不过前者是把未来当成了现实，后者是把现实当成了未来！鲍曼进一步指出，这后一种乌托邦，以追求难以捉摸的时尚为生活中心，它没有给人们的生命带来任何意义，无论是真实的，还是虚假的。但是它却帮助我们将生命的意义等问题，从我们的头脑中清除出去，将生命的旅程变成一系列没有尽头的、自私自利的度量，让人生经历的每一个阶段，都成为下一个阶段的开端。更为严重的是，上述那个猎场中的猎人，每天奔波忙碌，没有时间思考方向和生命的意义，等到他们出局的时候再来思考，那已经为时过晚。

推算一下，鲍曼写下这些文字时，年龄已经在九十岁上下。他的思想论说，让我产生先知或神的强烈感觉！我想，齐格蒙特·鲍曼一定去过那个"星球"，分别在两个族群中生活过，对每个族群的状况，都有深刻的感受。现在他的思想越来越接近上帝，其判断之准确，认识之深刻，观点之悲观，真的很让人绝望！其实写到这里，鲍曼本人也很绝望，他甚至叹息道："我们倒不如一直谈谈时尚，而不要谈什么流动的现代生活和它的乌托邦……"

注：本文阅读背景，《流动世界中的文化》。

终于得识冷冰川

说来惭愧，按照沈昌文先生观点，大凡为出版人排座次，不是看他学术水平高低，而是看他手中拥有多少一流的作者。当今之世，冷冰川先生绘画是绝对一流，在我出版界朋友中，汪家明、王亚民、王为松等，都是他的朋友，而我却始终与他隔空相望。

早在二十世纪九十年代，北京三联书店董秀玉先生发现冷冰川才气逼人，她请冷冰川为三联《读书》做封面插图，做笔记本、书签和明信片等各种产品，还出版《闲花房》和《风花雪月》。那画面确实惊艳，让我敬佩董秀玉慧眼识才。记得在一九九五年元旦，董秀玉送给我一册冷冰川插画笔记本，封面上一位绅士正在向书摊上的一位淑女借阅图书，上面写着"阅读：一生的承诺"。其浓浓的艺术气息，实在让人倾倒。

那时我在辽宁教育出版社，王亚民在河北教育出版社，王亚民做出版重经典、重艺术，他团结作者像一块磁石，有才华的人都逃不过他的法眼。冷冰川才情毕现，他自然会俯身过去，接连出版《冷冰川》和《纵情之痛》等著作。而我生性静默，不善结交，本身又缺乏艺术修养，见到艺术家作品只有喜爱，却拿不出征服的办法。那些年与亚民比肩做出版，在艺术门类上，我始终落于下风，与冷冰川作品多年无缘。

还有冷冰川的好友祝勇，他也是我的作者和朋友，他知道我喜欢冷冰川，不时送给我冷冰川墨刻的复制品，还在他为海豚出版社主编的"独立文丛"上，以及他的"祝勇作品集"上，用冷冰川的画做封面插图和藏书票。

就这样二十几年，我一直被冷冰川的艺术感染着、诱惑着、包围着，却始终没有结交的缘分。直到二〇一四年，我与王为松在上海书展组织"两海丛书"座谈会，晚上聚餐，为松请来一位高高壮壮的大汉，头大而浑圆，体硕而雄健，一副笑眯眯的面孔，谈吐音调平和，富于感染力。他就是冷冰川。为松介绍，彼此闻名，目光中都闪出兴奋的火花。为松还惊异，你们俩怎么会不认识！那有什么奇怪呢？说起来为松与冰川颇有奇缘，他们小时候都在南通居住，甚至在同一个街道中长大，居所门牌号都离得很近。冰川说他经常会在为松家门前走过，为松也想起来，确实有这样一个男孩看上去面熟。你们不也是擦肩而过，直到几十年后才相识相交么？人世间时空交错、经纬纵横，谁与谁能否相遇、何时相遇、怎样相遇，都是如此奇诡，不循因果。此番偶然相逢，那一刻我故作镇静，内心中早已激动万分，狠狠地握着他那双持刀的大手，久久不肯放下！"唯恐夜深花睡去"，此一放手，真不知何时再相见？

此时的冷冰川已经成就卓然，著作与画作遍野花开。我还能做什么？做什么都行，怎么做都行，您想怎么做就怎么做。这是我遇到最看重的作者时惯用的态度，当年我对沈昌文用过，对吕叔湘用过，对陈原用过，对丰子恺的后人用过，现在我又用到冷冰川身上。

此时的冷冰川真的不缺什么，多一本书少一本书，多一幅画作少一幅画作，已经不会为他那座艺术高峰带来些许改变。一位江南水乡中走出的少年，怀揣六朝烟雨，沐浴京华风云，那一缕地中海清风熏陶，那一方黑白意境展现，早已惊动董桥、李陀、止庵、祝勇与毛尖等一群名家的笔触。但冷冰川是一位心细如丝的人，他心里在想，从画廊到书坊，从艺术到商业，人间流布，俗世清音，是否还缺少一曲《点绛唇》呢？

此时的冷冰川墨刻三十几年，刀锋流变，四季更替，草木花卉，生灭枯荣，处处饱含着手起刀落的移情；花丛中女人体的表现，丰腴与消瘦，哀伤与欢乐，一切不变中的嬗变，即使"至于素朴"，也有刀客情绪的千变万化。我提议，做一部墨刻"编年史"吧！久久的跋涉，久久的案上春秋，也到了回望时候。于是在一个紫禁城之夜，淡酒入口，心手合一，我们的合作也有了恰当的结点。

以上我将艺术家与书商的一纸合同，渲染得如冷冰川刀锋下的花草和女体一样，绚烂而多情。生活么，不能总拿商人身份做隔挡，用以迁就我辈行为的低俗与乏味。但我知道，冷冰川画作确实说不得，《易》曰："一阴一阳之谓道，继之者善也，成之者性也。仁者见之谓仁，知者见之谓知。"绘画是一种感性存在，无论旁观者评说如何精彩，猜测如何出神入化，依然抵不过人们一眼望去的直观感受。那么接下来，我该说些什么呢？

其一，说人。冷冰川生于江南水乡，身材却长得高高大大，一副北方人的体魄。俗语称"南人北相，男人女相"，都是会有大成就的人。冷冰川占了前者，女相却一丝也没有；不过有人说他有"男人的腕力，女人的心思"，看来内在的东西根深蒂固，再粗犷的外表，还是掩饰不住南派文人风格的细腻。至于未来如何？一切都写在脸上：慈眉善目，一定是最重要的外在表现。

其二，说生命的感悟。冷冰川的人生观，似乎一直在长短之间游走：坚韧的创作过程，需要绵长的生命支撑。至简的工具与材料，为他的天赋提供了创造空间，但一气呵成的刀工，细密的纹路，繁茂的花草，天成的曲线，一天天、一次次、一点点，神游天际，气凝刀尖，使他必须将生命的时光化为齑粉，再一丝丝融入点线面之中。此刻，除去创作的快乐，他只有对生命的珍惜与依恋。而创作的激情，又需要灵光乍现式的人生冲动。因为刀客出手，万万不能手软，不能缠绵，所以他喜爱生命的迸发，像项羽、吕布那样，寒光闪处，留下千古一叹，顾不得死神降临，生命脆断。他甚至讨厌来生的牵挂，因为他更像是一位高傲的忍者，或古龙笔下的小李飞刀，出手那一刻，容不得一丝分神。就这样，在时光的长短之间，生命哲学塑造了一位骄傲的冷冰川：他走出南通，成为一座大山；他融入暗夜，化作一束灵光，在天地轮回间舞蹈！

最后，说艺术的本原。面对冷冰川的墨刻，人们谈论最多的事情是他的艺术源流。冷冰川承认，他的创作受到非洲原始艺术、中国民间艺术、阿拉伯、印度和希腊艺术的影响；他也曾提到比亚兹莱、麦绥莱勒、珂勒惠支、毕加索、莫迪里阿尼、马蒂斯和布朗库西等许多艺术家。一些采访者推测更多，诸如剪纸、皮影、金石和雕版，乃至甲骨文、竹简、良渚玉器和青铜铭文等都用刀，是否也对冷冰川有影响呢？进一步的联想如《八十七神仙卷图》和《朝元仙仗图》的人物风格；还有人由女人体想到东晋佛像，再想到徐悲鸿和林风眠，再想到塞尚和夏加尔。以上一切艺术形式的影响，冷冰川都承认，他说自己做的是笨工，从中外古版画到当代各式绘画、雕塑，他几乎临遍了能见到的各式东西美术图式，边临摹边创作。但冷冰川始终强调："我是一个自修者。"

这让我想起查建英在《八十年代》书中，写到阿城与张光直讨论艺术问题。其中谈到画家创作时，有具象、抽象与幻象三种状态，或称三层境界。张先生研究古代青铜器，他认为青铜器上的纹饰，古人是在第三层境界——幻象的状态下完成的。那是什么状态呢？阿城说，那是一种癫狂状态，是一种制幻过程，从而达到艺术创作的升华。我是一个艺术的门外汉，但一直好奇，就想问冷冰川先生：您的第三层境界是如何达到的呢？

其实我不需要听到答案，因为早年我曾经编辑一本数学书《不等式启蒙》，作者是一位数学教授，但他在序言中，引用刘子静《三白集·学画》中诗句，来说明数学相等与不等的道理，诗云："有法法有尽，无法法无穷。无法而有法，从一以贯通。"我想把这样的诗句用到冷冰川的创作上，实在是再恰当不过了。

（冷冰川《冷冰川墨刻》序）

藏书家王强

"总算拿到书稿了！"那天晚上曲终人散，我独自站在京城街市上，眼前一片灯火辉煌，心中不住感念上天的垂青。

我喜爱王强的文字。大约是在三年前，我们在北京相会。我和他约定："写一本你读书和藏书的故事吧？"王强答应了。然后我们各自奔忙，他继续云游四方，消失得不见踪影。听说他在帮助万圣书园解决新房址，听说他与徐小平在做天使基金，听说他又在演讲、引来众人欢呼……我见不到真人，却可以在《中国合伙人》中，看到佟大为或邓超的演绎。

那么，这三年我在做什么？我做了许多事情，心中始终惦记着与王强见面时，他对我说的那句话："晓群，西方书籍装帧太美了！"所以这三年，我由追随牛津大学出版社，到与几个朋友一点点探索，一直在学习西方书籍装帧艺术的知识和技术。我知道王强是何等精细的人，总觉得他一定在暗处，不时观察我的努力，看我能行么？会走上正路么？我是憋着一股劲儿在做，为了不让朋友笑话，为了不让王强失望，为了最终拿到他的书稿。

这三年中，我做《听水读抄》时，他没出现；我做《伦敦的书店》时，他没出现；我做《随泰坦尼克沉没的书之瑰宝》时，他也没出现。但是，当我做维德《鲁拜集》之后不久，孔网拍卖《鲁拜集》真皮版之后不久，那一天在上海与朋友聚会，我一如往常询问："谁能找到王强？快三年没见了，他的书稿写好了么？"突然，陆灏接话说："你赶紧找他吧，他的稿子有了，我有他的微信。"

就这样，我找到了王强，有了本文开头那场聚会。王强见面就说："晓群，你的西装书做得很不错了。我跟陆灏说，三年前答应给晓群一本稿子，现在字数差不多了。"此时我才舒了一口气。

说起来我最初了解王强，来源于卢跃刚报告文学《东方马车——从北大到新东方的传奇》，我尤其喜欢其中那段故事的描述：当俞敏洪母亲试图干预新东方工作时，俞敏洪跪在母亲面前，徐小平在一旁打圆场，王强却昂着头，目不斜视，从俞敏洪的身边走出去。那样的场面，那样的风度，十几年都刻在我的脑海中。

后来出版"新世纪万有文库"，有一天沈昌文先生来信说，有一套书应该重视，即"负面乌托邦三步曲"：《一九八四》《美丽新世界》和《我们》；如果再加上《共同事业的哲学》，也可以叫"负面乌托邦四重奏"，可以收入万有文库，还应该出版单卷本。沈公告诉我，他是受到王强的书《书之爱》启发，才提出上面的建议。这位王强就是新东方那位王强，没想到他读书也那么厉害。沈公一面对王强赞不绝口，一面提到王强书中讲述的另一本《书之爱》（*Philobiblon*），作者叫理查德·德·伯利。我们赶紧寻找原版书，由沈公请肖瑗翻译，在辽教社出版。需要提到的是《美丽新世界》，沈公请李慎之先生写了序言《为人类的前途担忧》，后来我离开辽教社，"新世纪万有文库"未能收入此书。

再后来我们与王强有了面对面的交往，时常在一起聚会，听他讲述书的故事。我亲眼见到沈昌文、郝明义等出版大家，在听王强谈论西方典籍时，也会认真聆听、记录，对他的博学广识赞不绝口。当然王强的才华并非仅限于此，我在辽教社时，还为他出版过《王强口语》三卷本。那时他在电视上作系列讲座，语音纯正浑厚，举止文雅大方，一时倾倒多少崇拜者。后来我离开了出版一线，没有办法再与王强合作，接触也渐渐少了。

二〇〇九年我来到北京，在中国外文局海豚出版社工作。二〇一三年下半年一天中午，我与沈昌文、陈冠中和于奇等小聚。王强恰好在京，于奇把他请来同坐。见面后王强立即谈到海豚的书，我没想到他那么关注我的工作，尤其是海豚与香港牛津大学出版社的合作，他很赞赏林道群的设计，以及我们共同推出的董桥的系列图书。没过多久，王强又来到我的办公室，送上两本他刚出版的书《读书毁了我》，毛边本，其中一本送我，另一本托我送给沈公。正是有了这一段接触，才有了上述约稿的缘起。

旧情不忘，再续新枝。接着压力又来了，王强同意把稿子给我，但提出两点请求，一是他希望我能为此书写一篇序言。再一是全书设计，他希望用西方装帧工艺制作，希望将乔叟《坎特伯雷故事集》里那匹彩色的小马，还有透纳所作牛津高街的画，放到封面上；他还希望能够定制一百本小牛皮的收藏版。

写序我答应了，反正是多年的老朋友，言语深浅都能彼此领会。至于书籍装帧，经过这些年的准备，西装书的许多技术问题，我们都能解决，只是在细节上还有不足。就说那匹"乔叟的小马"吧，从骑士到小马的装扮，五颜六色，要想精雕细刻，把它表现在书装皮面上，有两种办法：一是手工制作，用彩色皮革一点点拼图；再一是运用烫金版技术，每一种颜色都要单制一块版，然后套印。对于第一种方法，西方已经存在几百年，我们近百年引进西方现代出版，却没有引进他们的装帧艺术，我一直试图补上这块欠缺，近期还想派技术人员去伦敦学习。为王强的书，我们拟用第二种方法，即运用烫金版工艺，对此我们曾经在仿制一百年前，英国人桑格斯基设计一只孔雀的《鲁拜集》时，试过七种颜色，制作了七块版，一点点套印，但印出来的效果不理想，看上去有些山寨。即使这样给英国专家看，他们张大嘴巴，已经惊叹不已，说你们中国人什么都能做出来，但还是达不到手工的效果。怎么办？

恰逢此时，我的设计师杨小洲休假，他要带着女儿，自费去巴黎旅行。小洲对西方书籍装帧痴迷且疯狂，为了艺术追求，两年之内，算上这一次，他已经跑了四次欧洲，不顾囊中空空，不顾恐怖袭击，一定要到萨瑟伦书店去，一定要到莎士比亚书店去，一定要到桑格斯基传人谢泼德的设计公司去，找寻他心爱的书，寻找他中意的书装设计，寻找他梦寐以求的西方装帧技术。说来也蹊跷，上次见到王强，他说就在不久前，他也去过伦敦的萨瑟伦书店，书店老板还对他说："有一位中国海豚出版社的杨小洲来过，你认识他么？"王强回答："不认识，但我认识海豚的老板。"这一次，我千叮咛万嘱咐，请小洲务必带回几匹"乔叟的小马"，一定要平面实物；实在不行，也要拍回高清图片。我们的设计，一定不能让王强失望。

写到这里，我心中有些兴高采烈，还有些戚戚然。回望人生，我尽毕生之力，做三十几年出版，有时夜深人静，常会思考：这些年忙忙碌碌，我在追求什么？论权贵，我不肯低就；论学养，我无法高攀；论才智，我没有挥洒自如的天赋。当朝花落尽、夕拾寂寥的时候，我靠什么达到心灵的安宁呢？

如今目睹王强的锦绣文章，它如漫天飞花，遍野舞蝶。实言之，以我人生阅历，这一切我尚能平静解读、平静面对。只是当我蓦然读到《王强谈创业：向死而生，随心而定》，这篇貌似励志的文章时，它却意外地打动了我的身心。在这篇文章中，王强由海德格尔《存在与时间》引发，从"向死而生"的人生哲学入手，谈到企业家创业的三个层次：一是在所谓医学意义上，企业正常的生生灭灭；二是在哲学与宗教层面上，企业向死而生，不屈不挠的精神；三是即使一切都归于失败，一个企业家怀有奉献社会的抱负，也无愧于一生的追求，或曰死得其所。

读这里，我私藏情感，暗暗涌动，不自觉间，眼中竟然落下滴滴热泪。好了，算是我触景生情，算是我这一番读写王强的偏得。

（王强《书蠹牛津消夏记》序）

任性的杨小洲

杨小洲任性，著书必求两点，要精装，要自己作序。前天早晨，他突然一反常态，怯生生地对我说，能为这本小书写篇序言么？说心里话，我不大想写。往日对小洲印象：常常有奇想，偶尔不靠谱。其文字却有天赋，满纸纨绔气息，落于纸上，暗香浮动，柔若无物。如此妖艳文风，最难点评。想了两天，我主动要写了。原因是小洲此番欧洲之行，步步都与我相关。

我最初关注西方书装，始于四年前。当时在香港牛津大学出版社林道群引导下，做董桥的书，仿西书设计，惊艳一时；再者道群时而在网上晒董桥精美藏书，看得我愈发眼热。于是我找林道群、吴兴文、胡洪侠诸君请教，又与李忠孝专程去法兰克福，看西方经典图书展览，深感中国缺少此种艺术，希望能为之做点什么。朋友说是好想法，却无暇帮助我。只是那天，与吴兴文午间小聚，他微醉后来到我办公室，送我一本台版小书《鲁拜集》，他说要做西方名著，可在此书上下功夫。后来杨小洲出现，他做几套小书，都有些古灵精怪，"书房一角"第一辑，议论之声不小，被人讥讽不靠谱；但他设计《抱婴集》，却让我眼前一亮。就这样，我不靠谱的想法与他不靠谱的行为结合，负负得正，才有了后面的合作。

合作归合作，"君子和而不同"，在我内心中，还是担心小洲过于任性。比如他设计真皮版"书房一角"第二辑，书装超级艳丽，冷眼一看，吓我一跳，禁不住大呼"怪书"，此言传到网上，小洲还埋怨我说走了嘴。我对小洲说，我是商人，行事需要有节制，不能随心所欲，不能过于唯美。听我告诫，小洲一笑而过，点头称是。

接着两次欧洲之行，小洲与吴光前做三件事情，两件是完成任务，一件是独出心裁。任务之一是研究莎士比亚版本，我觉得要做西式经典，还要从莎士比亚入手，恰好许渊冲老先生九十二岁高龄，新译《莎士比亚悲剧集》，就签下版权，请他们去欧洲找寻设计方案。第一次他们拿回莎翁十六世纪对开本，馆藏限量版，正文是古英语，连许先生都看不懂，装帧比较简单。但他们还带回另一本莎翁著作的书影，二十世纪初版本，封面极美。我当即认定，就做它吧！汇钱去买不成，只好让小洲再去一次伦敦。第二次去，我再三叮咛，除了买回莎翁那个版本之外，一定要把《鲁拜集》版本情况搞清楚，上次他们拿回泰坦尼克号沉船中那本《鲁拜集》的封面，但"书芯"是什么样呢？结果他戏剧性地搞清楚了，还将"书芯"买了回来，这就是任务之二。至于独出心裁的那件事情，是他与吴光前第一次去伦敦时，还联系到一家手工作坊，两兄弟继承祖业，制作传统图书，已经有二百多年历史。听说中国人来，他们认为一定有钱，同意教授指导，同意接书装的活儿，更希望中国人收购他们的作坊，价钱也开过来了。

两趟伦敦购书，小洲办事成功，心情超好，更好的是他为自己的不靠谱找到了注脚，因为那些英国佬才真正是不靠谱的鼻祖。见到这样一个中国人，貌似土豪，却钟情于莎士比亚各种版本，自

然笑脸迎送，找书、让座、倒咖啡忙个不停。小洲
啊，国内备受打击的他，哪想到在这里如鱼得水、
如获知音，坐在那里，仿佛背光都闪现出来！一时
兴起，一本小书挥手就写出来了。我赞扬他写得
好，比以往写得都好。他以往写作不用功，用也会
用到旁门左道上，此次他一反吊儿郎当的作风，在
文字上用了真情。

但我心想，即使曾经沧海，小洲还是改不了任
性，你看他那满眼春色，几乎耽误我多少事情。出
海关时，他与英国女警官斗嘴，一口咬定"为莎士
比亚而来"，差点出不了关；后来在伦敦街头逛书
店，不单是查令十字街八十四号，那家同性恋书店
也去了；回国入关，被照出行李中长方形的东西，
人家把缉毒犬都牵来了，他还在那里柔声柔气地介
绍着莎士比亚各种版本……但小洲还是被那条小狗
吓到了，回来后把手机铃都换成了狗叫声。

小洲啊，从此靠谱些吧，才子！我知道，他面
上一笑而过，心里一定在说，休想。

（杨小洲《伦敦的书店》序）

祝勇：大地之子

"行走的祝勇"，这是他微博的名称。我们是好朋友，但是他太好动，总是居无定所，每次约见，都要为他重新定位：时而在北京，时而在成都，时而在东京，时而在深圳，时而在一些奇奇怪怪的地方。现在要为《祝勇非虚构文集》写序，我的耳边竟然响起Beyond《大地》的旋律，还有那段副歌：

眼前不是我熟悉的双眼

陌生的感觉一点点

但是他的故事我怀念

回头有一群朴素的少年

轻轻松松地走远

不知道哪一天再相见

我喜欢Beyond苍凉的歌声，尤其是歌中唱到"朴素的少年"：一群纯真的孩子少小离家，浑身挂满青春的朝气，一别经年，再相会时，已是目光朦胧，天人俱老。有这样的情绪存在，可能是因为早年，我与祝勇都生活在同一座北方城市沈阳，我们有同样的乡音，还有类同的乡情牵挂。

祝勇成名很早，我最初读他的文章，就有出尘超逸的感觉。他写游记，写剧本，写学术论文，写历史小说，写一个人的排行榜，文笔所及，文风一以贯之：潇洒、飘逸、豪爽、奇妙、华丽。一个人文章的气势，是一种与生俱在的东西，学不到也改不掉。祝勇的文字，若以音乐比喻，它不是乡间小调的低吟浅唱，而是一曲堂皇的交响乐，其中有大提琴的温婉，有钢琴的流畅，有男高音的激昂；祝勇的文采，若以前辈联想，有杨朔的遗风，有郭沫若的才气，有黄裳的细腻，有黄仁宇的气势，有王充闾的秀色，有苏叔阳的激情；祝勇的文风，若以《史记》类比，他不是帝纪年表，也不是王侯将相的列传，而是游侠、刺客、日者和龟策一类杂传的风格，飘零而神秘。尤其是他的侠者豪情，不但在文章里，也在现实中。记得那年，我在辽宁做事不得伸张，后来只好离开家乡，来京创业。祝勇人前人后，一直鼓励我、支持我，帮助我策划"独立文丛"，把他最好的作品交给我出版，期间他身上透射出的豪侠之气，让我至今难忘！

当然，祝勇的流动性是全方位的：流动的思想，流动的文字，还有流动的人生态度。在我的印象中，他始终是不安分的，每天都在文化的时光中迅跑。并且他的跃动是穿越时空的，更多的时候，他会沉浸在旧日的时光里，久久不肯回来。记得在十几年前，我请他写《辽宁读本》，亲眼目睹过那样的情境：他把文题作为一个科研项目，首先建立纲目，然后深入实地考察，跑图书馆，找资料，找人访谈，整天埋头于故纸堆中，游走于历史的残垣断壁之间，记录着亲眼所见的种种事物。说实话，当我见到他的样稿时，我被他认真的态度与宽阔的视野震惊了！那种惊讶，不仅来自于身在其中的视而不见，更在于祝勇笔下的辽宁，是那样的与众不同！他的书写，击破了现实之中官僚体制的条框，诸如腐儒气质、官样文章、人云亦云、陈规旧俗、文化掮客等司空见惯的陋习，一切的一切，都没有了踪影。满篇文字洋洋洒洒，充溢着些许黄仁宇式的叙述风格，还有他对于这一方疆土的热爱和人文关照。从《辽宁读本》的写作中，我理解了，为什么那么多国家级的纪录片大项目，如《1405，郑和下西洋》《利玛窦：岩中花树》《我爱你，中国》《辛亥》《霞客行》和《历史的拐点》等，制作方都请祝勇来执笔，正是来源于他的认真，他的才情，以及他超常的学术精神。

除此之外，认真地行走，更是祝勇写作思想的源泉。记得二十年前，我出版他的几部游记：《北京：中轴线上的都城》《西藏：远方的上方》《美人谷：尘世中的桃花源》和《再见，老房子》。当时我为他的才气倾倒，却还没有看到他对于游记或曰散文文体的突破；我知其文字之美，而未知其美之真谛。我甚至想到花儿与少年，想到一位风华才子激情豪放，再怀揣一点自恋情结，信手挥洒，点石成金。但时过不久，我就联想到那位"辍耕之垄上"的陈涉，耳边还响起"燕雀安知鸿鹄之志哉"的千古豪言！回望流去的时光，我感叹，祝勇确实是一位很有心计的智者，几十年来，从青涩到青春，再到壮年，他一直在潜心丈量与规划着自己的文化蓝图；他的行走，他的写作，一步步，一本

139

本，都是他人生计划的某一个阶段。刻苦，认真，积累，尝试，个性，计划，加上旺盛的精力和天才的思考，构筑成祝勇行走的文化基石。

对此，祝勇本人如何思考呢？他说："很多年中，我对行走充满迷恋。行走为我提供了更多的道路，使无趣的人生变得更加尖锐、复杂和诡秘。每一个路口都埋伏着一个不容躲闪的问题，向我逼近。我发觉我的生命被越来越多的悬念所控制。那些悬念雇用了我的身体，使它愈发机敏和不知疲倦。"他发现了美。

后来祝勇去美国加州伯克利大学访学，师从刘梦溪先生攻读艺术学博士学位，又去了故宫博物院，成了一名纯粹的文化研究者，他的文字，终于找到了一个最妥当的落点。好像他此前的所有努力，都在为此做准备，而所有这一切，又都是那么水到渠成。故宫历史浓厚、人文荟萃，器具精美，是真正的"谈笑皆鸿儒，往来无白丁"。祝勇整日与苏黄米蔡为伍，与沈文唐仇为伴，他对中国文化的认知，有了一个妥帖的释放点，也为他的未来寻得了一个可靠的基础。但说到底，还是他的心静。

他说，他在故宫的大部分时间，是在图书馆度过的，他读的书，大多是繁体竖排没标点的。在这争名逐利的世上，他能不为利益所动，沉潜在中国文化的魅力里，致力于读书做学问，颇有《楚辞》里"众人皆醉我独醒"的气势，在浮躁的今日，更显出一种风度。

而这时，也正是他生命和写作的成熟期。他的一系列有关故宫和清史的著作，在这前后陆续出版，其中有《故宫记》《纸天堂》《辛亥年》《血朝廷》《故宫的风花雪月》《故宫的隐秘角落》等。海豚出版社从二〇一二年开始出版《祝勇作品》，已先后出版五种；后来东方出版社出版《祝勇作品系列》，至今已出版十种。这两个系列，各有特点，内容基本不重复，是对祝勇创作成果的集中展示。此次故宫出版社与海豚出版社联合出版《祝勇非虚构文集》，同样是出于对祝勇写作精神的认可与支持。

其实早在二〇〇三年，郁风先生就发现了祝勇的与众不同。他读祝勇的游记，发出这样的惊叹："这不是游记，也不是记者的采访，更不是考察报告，而是心灵受到震撼之后，上穷碧落下黄泉地搜索历史，寻觅那几乎被人抛弃或遗忘的文化传承……然后，却是随心所欲地写出这本极富内涵的散文集。"

同样受到震惊的还有冯骥才，他也惊叹道："祝勇已经着魔一般陷入了昨天的文化里。这样的人不多。因为一部分文人将其视作历史的残余，全然不屑一顾；一部分文人仅仅把它作为一种写作的素材，写一写而已。祝勇却将它作为一片不能割舍的精神天地；历史的尊严、民间的生命、民族的个性、美的基因和情感的印迹全都深在其中。特别是当农耕社会不可抗拒地走向消亡，祝勇反而来得更加急切和深切。他像面对着垂垂老矣、日渐衰弱的老母，感受着一种生命的相牵。我明白，这一切都来自一种文化的情怀！"

我没有上述大家的觉悟，却也对此感同身受，而且觉得，祝勇的文字很像一剂毒药，会让读者一吻中毒。那毒在哪里呢？当然在祝勇的文字之中。那天深夜，我读祝勇，像鲁迅笔下的狂人从字缝中读到"吃人"一样，我从祝勇的文章里却读到了"诱惑"！举一个例子，我列出几段祝勇对于一些事物的描写，比如女人，体验一下他文字独到的魅力。

我发现，在祝勇的笔下，一切美好的事物，都可以喻为女人。尤其是当他语塞的时候，他总会用对女人的描述来化解心中的积郁。因为他的笔，太善于描写女人了。

你听，他《夜宿王村》，夜色美得无以言表，于是他想到了女人："夜晚使人变得脆弱。无端地，竟想起初恋。十多年前的故事，而且，多年不曾碰触的回忆。一个爱穿白色衣裙的女孩，竟然在时间中疾速地返回，笑声清亮。由于分别，她的样子在我心底十余年不曾走样，她的挥别是一张最后的底片。眼角有些发热，但我不敢落泪。夜晚会使流泪的声音变得清脆，而任何一丝声响，都有可能撞碎这片刻的幻觉。终于起身，摸索着走到阳台，看到十多年前的月亮照耀着今日的水面。知道现在是在王村。"

你听，他来到《阿坝》，景物美得令人绝望，于是他又想到了女人："所有的美丽都像一个无法摆脱的咒语，跟随着你，白天进入你的视线，夜晚进入你的梦里。各种鲜明浓郁的色彩让你的心灵得不到休息，你甚至觉得它们有些性感。女孩子纤巧秀丽的手腕和光洁的脚踝在色彩间晃动，模糊着梦与非梦的界限。你体验到了诗人般的忧郁对你的滋养和戕害。美好的事物总使你陷入绝望。"

即使面对《众生之神》，他虔诚的心，也会通过对女性的描述表达出来："这些神像以女性的妩媚姿态给人们带来上天的旨意。我想起我在平遥城外桥头村的双林寺看到那里的佛教造像时那种惊异的感觉。有一座跪坐侍女像，优美的体态透露出一个民间少女的温柔可爱，她容颜娇美，皮肤细腻，四肢柔软，这尊神像传达的竟是来自人间的信息。观音像固然高贵圣洁，带着天国的宁静光辉，但不论是端坐在粉红色莲瓣上的渡海观音，还是坐态自如的自在观音，表情一律和蔼自然、安详自若，形体一律丰腴匀称，由衣纹与飘带所组成的各种曲线交叠错落，波动跳跃。风的柔缓与衣带的轻薄共同描绘出女性身体的魅力。"

还有在乌江边，祝勇不但想到《逝者如斯》，更想到美丽的虞姬："我解释不清自己为什么会想到她。她是乌江边一个挥之不去的影子，一个千年不散的芳魂。这位古典美女对一位英雄的爱情构成了江河史上最动人魂魄的一章。虞兮虞兮奈若何。当一切声嚣开始寂灭的时候，她将那柄铸着铭文的青铜剑在自己白玉一样的脖颈子上划过一道优雅的弧线。她手里的剑像一片飘浮的树叶一样缓慢地落在地上的时候，她的头颅刚好枕在她所爱的人的洒满鲜血的胸膛上。"

需要指出，在祝勇的笔下，"水"是另一个重要元素。常言说："仁者爱山，智者爱水。"祝勇是一位智者，他爱水，也符合他人格与个性的基本特征。

你看，当他为虞姬之死感叹之后，仰天长叹："正当黑夜企图逼我就范的时候，我毅然投靠了江河。……江河是不死的。它是人类精神史最重要的证人。它像不死的精灵，永远在不紧不慢地讲述着生命的寓言。我已记不清自己究竟在多少个夜晚走近江河，聆听江水的合唱。青黑色的河流常常在这个时候呈现出出奇的寂静，像庙宇里深不可测的香火。我将在我有限的生命里跨越尽量多的河流，尽可能多地感知流水的琴弦对我心灵的扣动。蜿蜒交错的江河是大地的掌纹，我知道我一生也走不出大地的手掌心，但是无论我在这世界的哪一角落，无论我处于怎样的幸福或者哀恸之中，我知道只要我哼起一支有关江河的歌谣，我就会于瞬息之间，找到江河的地址。"

祝勇写水，最出色的文章是《南方·水印象》，在那里，女人与水合为一体：女人的衣裳是水做成的，衣裳的皱褶再化为漪涟，与水的波纹相互交融。他写道："南方的水，遍布神奇的皱褶。透明、轻巧、恍惚。与女孩子衣上的皱褶不同，水上皱褶是游动的。女孩子衣上的皱褶也常是游动的，在她们行走的时候，皱褶便随她们行走的节奏而出现变化，但是，当她们静止下来，比如当睡眠时，皱褶便陷入寂寞。由于土布的自然垂感，或者由于经年的水洗，她们的衣裳分布着一些皱褶，就像那些因山形起伏而岔开的小径。织物的质感遮掩了肌肤的光泽，使它愈显神秘和性感。但皱褶与身体的曲线有着某种呼应关系，它用一种暗语来传达身体的魅惑。水上的皱褶却从不寂寞。在河流的表面，这些天生的花纹每时每刻都变着形态，仿佛它们的生命中，蕴含着无穷的活力。我把每一缕皱褶都看成一个独立的生命，有自己的情感和命运，有它们的来路和去处，有炫目的光芒，也有旋涡和陷阱。南方的河道，方向是隐晦的，婉转迂回，不像北方平原上的河流那样一目了然；水上皱褶无疑又增加了河的变数，让它变得更加扑朔迷离。水上皱褶具有超强的繁殖力。我亲眼目睹一缕皱褶在瞬间变幻出几个，那几个又在继续繁殖。在河流中，我见证了数的变化，一种几何级数的递增，我第一次意识到数学的美感。水上的数学，隐喻着万物间的隐秘联系。一种联系存在于水与衣裳之间，皱褶就是它们通用的暗语。可以说，衣上的皱褶是由水上皱褶孕育而生的。女孩子们在河边浣衣，皱褶就从水上蔓延到衣服上。即使衣服晾干，皱褶依然存在。皱褶证明了水的无处不在，干爽的褶印是水的另一种形态。河流是大地的皱褶。在大地之间闪耀和晃动。那些皱褶有一种繁复的美，无可救药地反复出现，层层推进，像冥想一样没有止境。一种无规则的均匀。它们重新划分了大地的单位，一级一级地，使它变得无穷小，分散成无数个气韵生动的细节。"

多么美好的文字描述啊！此时我想起两个故事。一是在很久以前的一天，那时祝勇还很年轻，我与王充闾先生聊天。他谈到近些年，辽宁涌现出的才俊，开口就提到祝勇。他说这个青年有天赋，有思想，有笔力，未来不容小觑。尤其是他文字的锋利与气势，时时显露出必有大成的景象。像某位名声显赫的作家，颇好笔战。但祝勇点评他的文章，尖锐而犀利，那位作家却一反常态，始终默不作声，不肯应战。王充闾说："你想，谁愿与如此优秀的青年对峙呢？"

再一个故事是说祝勇的容貌：他长着修长的身材，面目俊朗清秀，看上去不似江南人物，身上别有一种精灵之气。我由此联想，北方大地时常会产生这样的俊秀人物。比如王充闾，他也是个子高高的，身材匀称，颈项修长，白面书生，举止文雅，才情之高，已经是天下人尽知的事情。因此我觉得，充闾与祝勇之间，一定存在着某种地域文化的传承。自古北方大漠荒原，地广人稀，文化遗存不像南方那样稠密细腻，充闾先生曾经回忆，他出生在医巫闾山脚下，家乡有"三人行，必有一匪"的传说，哪有很好的文化环境呢？但古往今来，在北方大地上，才俊人物星星点点，流年不绝，实在令人称奇。这也让我想起《诗经》记载："东方之美者，有医无闾之珣玗琪焉。" 珣玗琪，《尚书》《周礼》称之为"夷玉"，或称今日之玛瑙。如此美妙之物，正是产生在所谓医巫闾山一代。我由此也想到天造地设、人杰地灵的说法，确实让人感叹上苍造物之精巧与神秘！

行文及此，我的耳中再度响起Beyond《大地》的旋律，总觉得那歌词虽然平淡通俗，却道出了我此时的心境：

> 多少年向往的日子
>
> 总感到古老神秘
>
> 多少天光荣的历史
>
> 我已经记不起
>
> 千千万万个生命
>
> 在大地的怀里
>
> 弯弯曲曲的流水
>
> 涌在心底

（《祝勇非虚构文集》序）

周山论人生

　　我与周山先生交往，始于一九八六年末。那时我去上海组稿，一个偶然的机会相遇相识，此后我们由编创关系，最终成为一生的挚友，算起来快有三十年了。如今思想，世间芸芸众生，大多擦肩而过，而我们却能有这样的缘分，究竟原因何在呢？说起来人与人的关系，有时真的很奇怪，久久的情谊真实地存在着，可是一旦问到为什么，却让人有些不知如何解说了。

　　周山成名，本于天资极好，并且后天学识丰厚，有中哲史研究，有文学创作，还有《周易》专题解读等等。单以《易》学为例，周山学有积年，时至今日，他的水准直逼大师级的境界。此非虚言，前几天我与他在沪上小聚，席间他低声对我说，自己新近悟到一段《易》学道理，他试着推衍一番，竟然弹无虚发，精准无误，让他自己都感到惊愕无比！而我少时闲读数术，一生拖沓无成，既不肯观相测骨，也不会推往知来；不过仰观天文，俯察地理，却是时常的追求。正是我们的研究有相通、相近之处，彼此间交流顺畅，而且对人生、事物的看法，经常所见约略相同！所谓志同道合，我想这一定是我们交谊长久的基础！

言归正传。周山先生一生从事学术研究，起于忧患，成于安乐。三十几年文字生涯，著书立说，大凡数十部有余。然而在我的观念中，他的根基之作是《中国逻辑史论》，此书出版较早，但周山为之付出大量心血，也为其后来学术研究打下基础。此后他的小书《易经新论》面市，薄薄一本，却赢得十几万册的印数，自此名达天下，同时也显露出周山对于《易经》超于常人的解读能力。只不过那时，周山还在三十几岁，血气方刚，才华四射，耐不得故纸围困的寂寞，恰如子夏所言："出见纷华盛丽而说，入闻夫子之道而乐，二者心战，未能自决。"他在学术研究之余，还有《狐狸梦》《东方情爱论》和《海妹子》等言情之作，纷至沓来。这一支写作，可能会搅乱周山清静的身心，那又怎样呢？其实个体的生命，只是宇宙间的一霎那，任何人生经历，都有其客观存在的价值，最终总会铺就出一条仁者归仁、智者归智的道路。何况周山是一位有德有运的人！我很早就说过，依照他的才学与灵气，我们足以把他包装成一位畅销书作家。但是周山的艺术气质，一直飘忽于俗雅之间、仙魔之间、神人之间……他的走向，别说我们把握不住，就是他自己，也无法自如地操控那如雾如风、飘然世上的灵性存在！

现在，让我们的目光来到五年前。那时我离开辽宁，来到北京重操旧业，再做出版。最初点数该做的事情，脑海中浮现出第一层次的项目，排在前列的，依然有周山的名字！此时周山已至耳顺之年，那一天我们相会于浦江之畔，但见他满头白发飘飘，面色红润如初。我问他在做什么？他说万流归宗，到了这样的年龄，一切所思所想自然是回归《周易》了。接着，他拿出新稿《读易随笔》，我长夜翻读，通篇文字心平气和，道理明晰可鉴。读着读着，我的思绪跃上千刃青峰之巅，我的目光投向万顷碧海之波！一时心花怒放，心智顿开……

我知道二十多年前，《十家论易》出版，其中囊括了许多当世易学大家的思想：郭沫若、顾颉刚、李镜池、闻一多、胡朴安、熊十力、冯友兰、薛学潜、刘子华、蔡尚思。那时周山年仅四十几岁，其《易》学造诣之深，备受蔡尚思等学者的赏识。如今时过境迁，逝者逝矣，周山却始终追思前辈，亦步亦趋，有了极大的成就！

《读易随笔》之后，周山又写好回忆录《忧喜与共》。此稿最初定名为"悲喜与共"，完稿之后，周山扪心自问："我落拓一生，何悲之有呢？"是啊，人生如梦。盛世乱世，如云烟过眼，反复轮回，已经不知道辗转了多少次，你这一番悲情未过，那一段喜庆又迎面而来。弘一大师离世之前，曾经写下四个大字："悲欣交集"！许多人悟不到他的心境，我却理解为：肉身的消逝，使人失去了俗世的依托，悲者自悲；但灵魂出窍的时刻，又为逝者带来自由的欣喜。唉，佛家的矛盾心态啊，至死都难以化解。但我知道，周山之忧喜，既不同于佛家的虚伪，也不同于儒家的世俗，却比较接近于道家的清新自在。他生于一九四九年，与一个集体主义的时代同行。无我与非我，让他不肯言悲，退而言忧；大我与小我，让他不知喜从何处来，又向何处去！在他的观念中，三千年风刀霜剑，儒家已长跪不起；八万里大好河山，道家还悠然界外。微斯人，吾谁与归？

是啊，前些天我又去上海拜见周山。我问他此行何来？他说从乡下来，自己久已出离闹市，迁居崇明故里。我问他在做什么？他说白日头顶蓑笠，挽着衣袖裤脚，在田间劳作；夜晚挑灯闲读，落笔成章，都不在话下。我问他近来所思何处？他说常常朝涉黄河，暮旅长江，华夏大势走向，都在胸中涌动。闻其言，我一时语塞，眼前却浮现出他避走乡间的景色：满目野花，星星点点，随风摇动；百万雄兵，若隐若现，暗藏胸中！不过，有一本《周易》在握，则一切浮光掠影，都归于虚无，归于寂静，归于尘灭。

我相信，上面这一番胡言乱语，一定会引得周山目眦尽裂，头发上指！哈哈，兄长息怒，我也是醉了！

（周山《忧喜与共》序）

微书话十五年

自二〇〇九年来到北京，重回出版一线，我就对出版个人的文章集子充满兴趣。历经六年，我刻意出版了许多"小精装"，丛书有"海豚书馆""海豚文存""独立文丛""经典与怀旧丛书"和"海豚启蒙丛书"等；单本著作有黄裳、沈昌文、董桥、王充闾、宋木文、刘杲、钟叔河、朱正、葛兆光、张冠生、陈子善、陈冠中、陆灏、胡洪侠、黄昱宁……后面还有扬之水、李长声、傅杰……

经常有人问我：你为什么这样做？是为了笼络人气，是想做小孟尝，还是处女座的人啊，就这样矫情！

我自思考，觉得如此操作，有两个思想基础在作祟。往近处看，还是二十年前，我在辽宁教育出版社工作时，由脉望策划"书趣文丛"，一套六十册，至今余香缭绕，意兴未绝。往远处想，欧洲走出中世纪的黑暗，有两个标志：一是蒙田散文一类作品的出现，人们开始书写个人的历史与感受，他们赞美个人的历史，而不是公众的历史；他们赞美自己的特立独行，甚至怪癖和偏见。再一是阅读成了个人的事情，人们从教堂和广场，退回到自己的屋檐下，一个人静静地坐在家中，躺在草地上，倚在大树旁，读自己喜爱的书。正如波兹曼所说："自从有了印刷的书籍之后，一种传统开始了：孤立的读者和他自己的眼睛。口腔无须再发声音，读者及其反应跟社会环境脱离开来，读者退回到自己的心灵世界。从十六世纪至今，大多数读者对别人只有一个要求：希望他们不在旁边；若不行，请他们保持安静。整个阅读的过程，作者和读者仿佛达成共谋，对抗社会参与和社会意识。"

这后一个联想，似乎有些牵强。但几百年过去，我们的社会究竟如何呢？大家清楚，我却说不清楚。不过近日，我的心情大好，因为王为松终于交稿了。为什么要说"终于"呢？原因有二：

一是为松太谦虚，从业二十多年，没少发表文章，大的小的，长的短的，总有几十万字不止。十五年前，他出过一本小册子，后来就没再出过集子，直到这次千呼万唤，他交稿时还说："晓群啊，我审别人的稿子是有自信的，看自己的就不行。所以，真不是客气，请你先审审，看能不能出，别给你丢脸！"你看人家这情操，让我这每天都乱写的人，脸往哪儿搁呢？

二是为松太劳累，家事不会影响他，不会牵扯他的精力；只是这几年，他又兼两个出版社的事务，又是借调挂职，又要审读铺天盖地的书稿，又要读书听讲座，又要兢兢业业，赢得朋友的赞许，因此就愈发辛苦了。我看得出，为松是一个自制力极强的人，外表貌似海派男人的顺从与温柔，实则个性都包裹在内中。这一包裹就是半辈子，每天都会很累，几次在一起参加活动，为松经常疲态尽显，坐在那里就能睡去。不过他在网上有三句励志的话语："凡事常怀敬畏之心"，"面对复杂，保持欢喜"，"有心则不难，有趣则不烦"。看来对为松而言，"累"是一种常态，一种乐趣。所以在这样的状态下，我还要催命般要稿子，表面上是残酷施压，实则也是在给他增加一点快乐，不是么？

为松的稿子分为三个部分：微书话，书与人，书与我。单看题目，就是陈原、范用等前辈的路子。他的"微书话"一写就是十五年，体例一致，情调一致，笔法一致，文字简洁明了，思维机敏善变，每每会有警句、格言涌现出来，让人想到维特根斯坦，以及前辈陈原的文字范儿。

当然读这十五年的"微书话"，还有一段阅读情趣，时时牵动我的心思，那就是观察为松由青春期逐渐走向成熟男人的情感变化、兴趣追求。读来感受，还是早年的文字有味道，其中迷趣极多，足以窥见当年为松的才情魅力！看他后来的人生旅程，一路到今天，也就不足为怪了。再者为松选书，涉及历年书目数百种，他目光很毒，笔调不失海派文人的细腻与尖刻，正反两面的品评都很到位。如果将来，为松能将这部分写作坚持下去，最后再以单行本面世，也是一件很好的事情。

于我个人而言，阅读王为松，还有一些原因。简单看，为松先是在上海教育出版社工作，我当时还在辽宁教育出版社。后来他到上海书店出版社，恰逢此时，我离开了辽宁教育出版社，因此与沈昌文、陆灏等人所做的那一大摊子事情，也成为断了尾巴的蜻蜓。当我正在像怨妇一样悲切的时候，陆灏与为松又挽起手，把部分事情接续起来。先声之作是《无轨列车》《人间世》，接着就是"海上文库"，你看那书单吧，连为松自己都说："简直就是当年的《万象》啊！"说实话，当时看到这些书目，我心中又惜又爱，个中情绪不言自明。后来，我到北京，与沈公、陆灏再度"在一起、在一起"的时候，为松的身影就很真实地存在了。陆公子最初确定"海豚书馆"体例，处处都会想到避开为松的"海上文库"，当然那里也有陆灏的心血孕育。有一年上海书展期间，为松提议，我们以"海上文库"与"海豚书馆"的名义，每年举办一次"两海文库"的文人雅集；为松去上海人民出版社后，接续出版"脉望丛书"，都是共同的背景、共同的志向、共同的理想与共同的风格。这些事情的存在，既偶然又自然，既有心又有缘。这样的王为松，我怎能不为他出一本随笔集，细看一下他内心的所思所想呢？

最后谈一个感受。从文稿中可见，为松历来尊重前辈，走的也是师徒传承的路数。比如他敬佩陈原的"书迷"说，赞同范用的"感情用事"说，羡慕沈公的"谈情说爱"说，称道陈昕的"纯粹"说等等。但是，还有一位大师级的人物，也是本书中花费笔墨最多的，那就是王元化。元化先生学问极大，对出版也有很深见解。大约因为《古文字诂林》的关系吧，为松与之接触很多，关系很近。为松几天不去，元化先生会生气；别人排好的稿子，他也会明火执仗地拿回来给为松出版；书中有言，为松许多编书细节，都有元化先生的点拨，大到选题立意、出版规划，小到书眉设置、版心尺寸等；为松聆听元化先生训话，投币电话打到弹尽粮绝。可以看出，老一辈的言传身教，对为松的影响，也是一生一世的作用。这一类"师徒传承"，说起来大同小异，细思下去，却奥妙无穷。在此书中，听王为松细细道来，实在难得。

写到这里，自觉应该搁笔了，却又见到书中一段故事，为松早些年看中上海书店出版社出版的六卷本《黄裳文集》，张口去要，人家说太贵，要他先写一篇书评来换此书。他赶紧写好书评，发在报纸上，又拿着报纸去换书。后来他当了上海书店出版社社长，又提了一套《黄裳文集》，放在自己的办公室里，以释当年思慕的情绪。我由此也想到一件往事。很早以前，我还在辽宁工作时，曾托人向为松讨要过《古文字诂林》，他答应了，但一直没给我。读到这里我才明白，一定也是因为书太贵，又不好意思让我写书评，只好两头耽误至今。现在这个序写好了，权作那"书评"的替代，那套《古文字诂林》可以给我了吧？

（王为松《文字的背影》序）

诗意的老丁

在二〇〇六年深冬，我第一次见到丁宗皓。他送给我一本散文集《阳光照耀七奶》，通篇文章都让我喜爱，尤其是《农民》一文写得真好，其中有一段写道："当农民奔向城市时，城市正在怀乡病里挣扎，我们的文学与艺术惨淡地活在烂熟的农业文明的回忆里。在怀乡病里，农民不再是怀有无法排解的痛苦的农民，他们要么被嘲讽要么被美化，而这一切，完全是为了充塞怀乡病下无从皈依的灵魂，这如同为一个不知出身的孩子寻找童年的踪迹。"我惊异，千千万万个农村孩子离开家乡，闯荡天下，历经人间遭逢，留下种种感慨；宗皓是其中一员，但他这一叹，是那样的与众不同，笔触所至，直击世间众生的灵魂，使我屡次拍案：流年岁月，何以使我在如此之晚，才得以结识宗皓呢？

是啊！我们曾经在同一所大学中读过书，后来我们又曾经在同一座城市生活二十多年。我们做着类同的工作，我出版图书，他编辑报纸，相互交集的事情实在太多了。但人生的经历，经常是那样奇奇怪怪，相见的机缘未到，一切都形同陌路；一旦时机成熟，蓦然天降甘露，地涌醴泉，那一杯桃园浊酒饮罢，那一首伯牙乐章弹毕，彼此相同的心境自然会叠加在一起。

我首次与宗皓见面，翻看我的日记，其中只记下"相谈甚欢"四个字；但我至今记得，当时的内心感受仿若隔世重逢的体验。此后宗皓经常来我的办公室，来时总会带上几本书，约我为《辽宁日报》"开卷"专栏写评论文章。这一写就是三年，那是我写作生涯最重要的阶段，也是我一生中写得最长、最累、最有收获的一组专栏文章。它增强了我的自信心，也使我学会许多好的方法。回想起来，有那样的状态，实在要感谢每次我与宗皓见面，彼此轻轻松松地交流，对于一些问题的看法，即使意见不同，他也不会冲撞，静静地听我慷慨陈词，还希望我能在文章中表达出来。就这样，我们彼此推心置腹，碰撞出许多心灵的火花，最终也成为一生的挚友。

再深一层思考，朋友交到这份上，基础是什么呢？一般认为，相同是最重要的；其实许多时候，不同才是结缘的基础。那么我与宗皓有哪些不同之处呢？我想到三点：他安静，我躁动；他重情，我重义；他诗性，我理性。此处所言，第一点说的是性格，它与生俱在，不可改变；第二点说的是态度，它有后天的塑造，也有人生理想的引导；第三点说的是文学表现，宗皓充满激情，我却拘谨有余，才气不足。总之朋友之间，相互倾慕的因素多多，对宗皓而言，我有三点评价，是发自内心的认识。

首先就气质而言，宗皓是一位充满激情的诗人。他出身中文系，在大学时，他是北极星诗社的社长。他的诗，有哲理，有真性情，有赤子之心。他的长诗《吾儿》写道：

在睡梦中长大的儿

是一列样子奇妙的火车

停在我家时

经过了许多不知名字的车站

婴孩深谙一切
他知道父母和儿子的事情已经发生

如果上天给他语言
他将讲述神秘的里程
而当上天给他语言时
他已忘记来路上的一切

上天关闭婴孩记忆大门
让他无法知道在成为吾儿之前
是否曾有另外一双手
抚摩过他的后背

我喜欢这样的诗句，通篇清心自在，不见修饰。有时我甚至担心，这个时代会污染诗人高洁的灵魂。当然我的想法一定是多余的，因为宗皓始终是一个意志坚定的人，即使近些年他不大发表诗作了，但是在他的散文、随笔中，你依然可以看到他对于诗人情怀的不懈追求。比如一九九七年，宗皓出版《阳光照耀七奶》，他在后记中写道："现在，仍是我心灵的黑暗时期，这种黑暗已经在我的体内持续了很多年。我并不怕面对这些，因为，对我这样的生命来说，真实才是最重要的。"直到二〇一〇年，宗皓出版《乡邦札记》，他依然写道："最为悲伤的时候，在屋檐下久坐，或者是大口喝酒。还有在黑暗里，用一些妙曼的回忆来冲淡锐利的痛。"在时光的流动中，从情怀到诗性，宗皓的文章都没有一丝改变。在这一层意思上，他生而铸就的诗人气质，我们可能一生也达不到。

其次就本质而言，宗皓是一位诗化的哲人。他写诗，写散文，写专访，也写政论文章，文体不同，但文字风格一以贯之，开门见山，立意清晰，落笔万言，条分缕析，丝丝相扣。在许多时候，诗人的固执，始终占据着宗皓思想的巅峰。比如他写长文《在碎片上》，写好后发给我看，其文字风格宛如滔滔江水，在我眼前汩汩涌过，令我目不暇接。他写道：

　　本文写作的动机，不是出自思想获得，而

是出自茫然，关于诗歌的茫然。有人在现代化语境中从诗歌的大树上获得了果实，而我看见了，拿在他手中貌似果实的东西，仅仅是这个秋天的落叶。诗歌是中国文学传统中最为重要的样式，它辉煌的历史自不待言。所以，我们从来都没有怀疑过，诗歌的写作，是人最为伟大的精神活动之一，是人对于真理的接近方式之一，是和哲学思考具有相当意义的精神活动。即使在现代，我们至少可以认为，诗歌写作是个人极富勇气的精神探险方式，是诗人对于生命存在的表达。再退一步讲，即使在今天，我仍然认为诗歌写作，是最少功利色彩的精神活动。

我喜欢宗皓的叙事风格，说理与诗意互通，激情与哲思并进。有这样的本事，一方面源于他多文体的写作训练，另一方面我们还应该看到，文字是一个人的思想模板，高超的思维需要天赋，高超的思维描述同样需要天赋。我想，一篇挥手而就的"诗论"，与其说它源于勤奋，更应该承认一种自身认知能力的超常存在。

其三就风格而言，宗皓是一位幽默的好人。说他是"好人"，是因为他的文章之中，充满了对于众生的爱意；再附以他与生俱在的幽默感，即使他在描写悲伤、痛苦、窘迫、老迈甚至死亡的时候，我们依然可以在他的笔下，读到人生的关爱、乐观与智慧。就说宗皓的那位"七奶"吧，在《阳光照耀七奶》中，我们就为七奶的故事而感动。后来宗皓在《乡邦札记》中，继续为我们讲述七奶的故事：七奶老了，一次次"死去"，一次次在阳光的照耀下"苏缓过来"。那一次七奶几天不吃饭，真的要死了。五叔按照乡里的习俗，把她放到一块床板上，摆放在厅堂里，等待死亡降临。乡亲们纷纷来看她，她最多睁开眼睛，点点头。但是第二天太阳出来了，阳光照在七奶的身上，奇迹再次发生了：七奶翻身从床板上下来，走到水缸前，拿起水瓢，舀一瓢凉水，咚咚地喝起来，又转身去喂猪。从此如果有人说七奶要不行了，大家都会笑笑。宗皓说："在这事儿上，七奶失信了。"就这样，宗皓的朋友都爱上了"七奶"，见面时总会问上一句："七奶怎样了？"幽默，据说也是一种上天的赐予，你可以享受、模仿和追求，却很难达到"生而知之"的境界。但宗皓的幽默无处不在，它令你忘记忧伤，忘记压力，忘记痛苦，获得欢乐！

好话就说到这里，让我们的目光回到现实中。二〇〇九年下半年，我离开沈阳，去北京工作。宗皓离开《辽宁日报》，去政府做公务员，此行一路风生水起，我的心却悬了起来。可能是了解之担忧吧！以宗皓之性情，此番磨炼，他的那一点纯真，那一点灵性，那一点诗意，那一点人文关怀，适应得了么？果然，他病了。他一度面目全非。他再度振奋精神。他终于又回来了！轮回，这让我想起宗皓在一九九七年写的一段文字：

在黑暗中，我无法阻止永无休止的下坠。多年以前，我曾因此而写着诗，结果连心中最后一丝的光亮都失去了。我于是知道一个事实：许多不再追逐诗意的人们所放弃的不是文字本身，而是文字打开的那扇门后面的东西。那是一些这样的事物：对于一些人来说是地狱，而对于另一些人来说则是耀眼的光线，是天堂。

记得在那段日子里，我一直催促宗皓写诗，答应为他出版诗集。宗皓，你理解我当时的真意么？我想你应该是心知的。现在，宗皓回归了，他又回到自己喜爱的报社，可以编报了，可以写文章了，可以以文会友了，可以写诗了！

无论怎样，宗皓，接着写诗吧，我们更喜欢诗意的宗皓！

（丁宗皓《细若游丝的传统》序）

孙德宏：秋日的暖阳

那是一个周末的中午，在京城一处小酒馆。天气暖洋洋的，此时的我就想豪饮，一醉方休。对面坐着德宏君，同样的乡音，同样憨厚的笑脸，同样漂泊的经历，天造地设，此时不饮，更待何时呢？

通常在酒桌上，觥筹交错，最能看破一个人的真性情。我饮酒好虚张声势，自忖尚可支撑，一定会发起攻势；德宏却是再宽厚不过的人，应对是必须的，但即使酒至半醺，他的语气中，依然包含着对我的关心与照顾。我喜爱这样的朋友，性情如秋日的暖阳，更如一片静谧的湖泊，不见边际，不见潭底；掬一捧清水在手中，柔若无物，心安与温情的感觉，自然传遍身心。这也让我想起德宏的著作《温暖平和》，文如其人，人如其题，真诚如斯，让我何等欣慰！

正是这样一位真诚的人，才华也大得不得了，这些年他的著作一部接着一部,《新闻的审美传播》《底线理想》《中观新闻论》《温暖平和》和《孙德宏社评选》等,从美学、哲学、文学到新闻学,任他随性挥洒,自由往来。现在德宏新著《新闻演讲录》放在我手上,他对我说:"老兄,给我写个序言吧!"态度依然诚恳而真切。我爽快地答应了,随即又有些压力。说来我的朋友之中,确实不乏报界的精英人物,像深圳胡洪侠、辽宁丁宗皓等。说来也凑巧,我也为这二位先生的著作写过序言,自恃比较了解这一群人的共性特征,比如与出版人比较,报人除去相同的文字功夫,他们的思维更为灵动,目光更为敏锐,论说更为犀利。那么,面对德宏的文章,我的压力来自何方呢?我想到三点:

其一是学问。我见到有人在文章中称,德宏是一位"学者型记者"。其实这词并不新鲜,近年来诸如学者型官员、学者型编辑等,遍地都是,但德宏却是真功夫。他在工作之余,拿到美学博士学位,如今还兼做美学博士生导师。读他在三联书店出版的《新闻的审美传播》,足见他学力深厚,勤于思考。尤其是他将美学理论引入到新闻工作中，许多见解独具异响。比如在《新闻演讲录》中，他谈到新闻学基础时提出，如果新闻学是一个学科，那么它的理论基础不应该与哲学割裂开来，它的学科框架也不应该只建立在"手艺上"。接着德宏讲到康德的三大批判——《纯粹理性批判》《实践理性批判》和《判断力批判》，最终得到"人是目的"的结论。德宏说，这样的哲学思考与美学追求，应该与新闻学"人文关怀"的追求是一致的。同时德宏还讲到黑格尔的"绝对精神"，进一步引出"人的主义"即人文精神的追求，也就是美的追求。德宏指出，这是西方走出中世纪的黑暗获得的最为珍贵的认识。这样的观点，遍布人类知识的各个领域，新闻学也不能例外。作为一个新闻工作者，你最难掌握的不是那些"手艺"，而是哲学与美学的理论基础，这才是水平高低的标志。由此引发提问：为什么我们的一些媒体充斥着官气、迎合、造假、低俗、八卦等内容？那一定是我们的哲学功底与美学追求出了问题。萨特说，"思想就是人的尊严"，我们放弃了思想的权力，同时也失去了人的尊严；维特根斯坦说，"思想是逻辑形象化了的事实"，因此我们也失去了获得事实的能力，只能陷入"做新闻"的歧途。

我赞同德宏的上述观点，他的追求与思考深得我心，同时也让我学到许多新鲜的东西。比如类似于新闻学，我对于出版学也有相同的看法，但说到理论分析，找到解决方案，我却始终处于懵懂状态。在这里看到德宏的思想路径，它确实打开我心灵中的一扇窗，产生一种豁然开朗的感觉。

其二是功力。德宏做记者，从草根起步，练的是童子功，走的是正路径。像他一九九五年时，三十岁刚出头，采写《寻找时传祥》，荣获"中国新闻奖"一等奖，还被收入初高中语文课本，前些年电视台还以此为脚本拍片子。后来记者采访德宏，问他何以出手不凡，一鸣惊人？德宏回答，他那时只是一个文学青年。但深一层分析，一定是他学术功底与自身智慧在起作用。对于此文成功原因的剖析，我很看重三点：一是真实的故事，文学的手法。这正是德宏所谓"文学青年"的底蕴所在。二是他的语言直白，不加修饰，少用成语，明白如话。对于文字风格的思考，德宏提到余秋雨、龙应台和张中行三位作家，但他更看重后者。三是政治观点，这也是此文能够引起人们共鸣，最终成为经典，最重要的一个因素。就是他那一句话："一个是国家主席，一个是淘粪工人，他们死于一场同样的名为文化的革命。"应该说，这一句话是经典中的经典，是文章的眼，是文章得以成名的核心。直到今天，当我读到这句话时，依然会感觉到心灵的震颤，依然会引起我极大的共鸣。

其三是阅读。大凡文人交往，检验他们是否志同道合，最简单的方法，就是看他们阅读书籍的异同。读德宏《新闻演讲录》可以见到，德宏读书极多，注重经典。书中提到阅读书目和作者名字，除去学术与新闻专业著作，其他书籍，真的让我倍感亲切，诸如《一九八四》《娱乐至死》和《美丽的新世界》等，与我架上图书何其相同。再有，德宏在论说办"精致大报"的要素时，列出一个名记者、名编辑的名单，包括民国梁启超、张季鸾、王芸生、成舍我、范长江，港台金庸、董桥、林行止等等，称赞他们新闻价值判断的水平。这些人物也大多让我认同。

以上列出三点感想，其实德宏文中还有很多精彩文字，难以一一列出。只是我因此而感慨，那就是我在日常工作中，通常会有一个成见，认为报界作家写文章，大多流于时政、时评、报道和猎奇等领域，一般不宜整编成书。尤其是社论、时评一类文字，即使是写作高手、大家，能写成董桥《英华沉浮录》那样的水平，宜于结集出版，而且能够成为经典，实在不多见。德宏文字很厉害，我在出版他的小书《温暖平和》时已有领教；这一部新著，又让我再次窥视到他的学术根底，十分难得。

最后还应该提到书中"总编辑评报备忘录"，非常有趣，非常有价值。一份报纸以什么样的面貌出现，总编辑的思想水平是关键。德宏从他上百篇评报文字中，选出三十八篇示众，其中确实有许多真知灼见，许多生动的词句和观点，让人过目难忘。

这让我想起沈昌文先生一篇旧文《想起陈翰伯同志》，其中谈到一九八〇年，陈翰伯评《读书》杂志，写了十一条评语，如今已经成为许多出版人的座右铭。其中写道：要废除空话、大话、假话、套话；不要穿靴、戴帽；不要用伟大领袖和导师、敬爱的总理、英明的领袖；不要用"千里传友情"之类看不出内容的标题；引文不要太多；少用"我们知道""我们认为"之类话头；可以引用当代人的文章；不要用谐音式的署名，不要用长而又长的机关名称或某某编写组署名；行文中可以说"一二人""十一二人"，千万不要说"一两万人"这类空话；不要在目录上搞"梁山伯英雄排座次"等等。

读德宏的文章，处处可以见到报人、出版人代代相承的踪迹，内心中自然产生喜爱之情！

（孙德宏《新闻演讲录》序）

天海楼中的老梁

　　为梁由之新著作序，刚提起笔，我的记忆立即漂浮到二〇〇八年。那时我在辽宁出版集团任职，正在图谋调转到北京工作，故而心中烦乱，日常有闲，整天在天涯、新浪、网易上发文章、发帖子，招惹是非。一会儿让人捧上天，一会儿又惹来一顿臭骂。面上看，这是我在消磨时光，实则我的内心之中一直都在暗暗运力，试图回到出版一线，再做几年心爱的图书。那时网络写作风起云涌，出版人无不深入其中，找寻好文章、好作者。我若有"再做羹汤"的志向，不了解网络这一块思想沃土，怎么行呢？

　　最初上网，我有两个决断。一是署名，我用了实名，一露面便引来一片质疑之声。善者劝我还是隐身为好，避免招惹麻烦；不善者见面就骂我坏了规矩，还以为自己是谁呢？其实我哪有那么复杂，只是一只菜鸟，蒙头便这样做了。做过之后，也不好再改实为虚，只好听天由命。也可能是经过一段观察，网友们觉得"技止此耳"，不再理我，我也就一直实名下去。再一是登录论坛，我选择"闲闲书话"。起因是此前此地，一大批网友对我主持的《万象》杂志、"新世纪万有文库"等，都有热议。许多朋友纷纷传达信息，转来其中热捧或热骂的种种言辞，让我极为看重。此番步入网络是非之地，满目茫然，能想到的乌有之乡，也只有"闲闲书话"了。

最初落户"闲闲书话"，街市上灯火通明，往来行人匆匆，都不大理我。偶尔有人略停脚步，凑过来撩起面纱，问上一句："你真是当年辽教社的俞晓群么？"那目光望去，仿佛我已经是前世的鬼魂！我知道网上流传，有三类人是上不得网的：一是在任领导，二是主流作家，三是文坛小丑。我一个编书的商人，什么都够不上，最多是一个不速之客，身着破衣烂衫，与草根们混在一起，争争抢抢，发一点试水文章，混个绿脸、红脸，聊以自慰！

正当此时，我发现了老梁。他是"闲闲书话"特邀版主，是"他乡"的大领导。不过老梁的两个特征，却引起我的注意。

一是气场。说起来网络表达极为奇怪，虽然无收无管，却又有自然形成的秩序。眼前飘来这位"老大"，落笔惊风，引得粉丝雷动。我在暗中观察许久，心中暗自纳罕，此君行迹飘忽，时隐时现，却有这等感召力，这等言语技巧，是何门派背景呢？我尤其欣赏老梁"以暴制暴"的本事，那是"诸葛亮骂死王朗"式的文字狂喷，天赋神权，常人如何学得来呢？外在的情境，又让我想到早期部落的酋长？"文革"中的红卫兵头头？或者是古罗马的斯巴达克斯？网络江湖啊，本体的气势外溢，本来就是一种先验的存在，学不得，也装不得！

二是才华。老梁两篇网上雄文，在众多文章中，始终浮在九五之位。实言之，我受老派学人影响，一直对于网络文学、网络史学之类学问不大感冒，或曰不大信任。面对老梁一类人物呼风唤雨，最初是出于好奇："这厮"文章，竟也如此火爆，真有什么见地么？一定要去看看。这两篇文章为《大汉开国谋士群》和《百年五牛图》，看过之后，确实有了不同的感受。说起来都是寻常的历史，寻常的人物，寻常的题材，寻常的主题，落到老梁手上，却能出新，首先就是一奇了。更兼文章中有见识，有学养，有谐谑，有戾气，有文字暴力，有政治倾向，总之网络文章该有的奇巧，都被老梁运用到令人发指的程度。其实当今网络之上，妖孽最多，顺口来几句天朝妙语、人间词话，也不算什么奇事。老梁的不同，还在于他不卖弄，不热骂，不动肝火，不追逐主流，不煽风点火，不仗势欺人，不做腐儒闲谈，不为政客说教……除此之外，老梁的文字中，还会透射出一种隐隐的威慑力。

常言"爱屋及乌"，我这一番偏爱的情绪，自然将老梁文章的优点缺点，一并包容下来。下一步该做什么？还用问么，我一个出版商，就可以组稿了。我原想将老梁的两本著作一并拿下，后来几经斟酌，自觉以辽宁氛围，《百年五牛图》很难通过；还是只签下《大汉开国谋士群》版权，放到辽宁人民出版社出版。最初联系，是我主动在网上给老梁留言组稿，希望出版他的著作。这也是我作为社长、出版集团老总，第一次在网上，向一位陌生的作者组稿！

说心里话，此时我的醉意，并不全在酒上！无限的好奇心，推着我一定要跳出虚拟空间，在现实生活中，见识一下这位网络雄才的真实存在！结果电话一通，但闻老梁声音雄健，语速奇快，滔滔不绝。最初印象，老梁在政治上极为成熟，并且其强记才能极为罕见。比如背诵诗文，我只见过王充闾先生的才气，沈昌文曾经夸赞王充闾"举杯一唐诗，落杯一宋词"，世间无出其右者；而老梁强记又有不同，他时常表现出一种"脱口秀"的本事，没有那么郑重，没有那么呆板，没有那么生硬，信手所为，文辞契合，已经达到天衣无缝的境界。后来数次与老梁相见，兴之所至，他每每以浓重的湖北口音，大段背诵诗词、文章。我历来自恃记性不错，却真的不是他的对手。

二〇〇八年，他说《百年五牛图》确定在广西师大出版社出版，希望我能赐序。我几番琢磨，还是没写出来。究其原因，在这里说出来，主要是我只认同其中三人称得上牛人，其余二人就不敢苟同了。但我一生习惯，最不喜欢与人争论，不喜欢说服别人，也不喜欢被别人说服，所以我在大学读师范生，毕业后却不愿去做老师。我若在老梁著作的序言中，写出自己的观点，那算什么呢？何况"五牛"之中，还有一位至今也说不得的LB存在，还是推脱了吧。这些话，我从未对老梁说过，此次说出来，也是一种精神的解脱。因为自从那次作序爽约之后，我的心中一直存有一丝歉疚，面对老梁这样一位铮铮汉子，头上阳光普照，我的心里就显得暗淡了许多。其实老梁在网上民主环境中生存已久，怎么会有那么多想法呢？此番老梁新著出版，我早就应允要写些什么，聊补此前那一点缺憾！

说到最后，我的心里还有一点难过的情绪，也要说出来，向老梁致歉。那就是二〇〇九年下半年，我来到北京海豚出版社工作，硬将老梁拽来，帮助我策划"海豚文存"。二〇一一年迄今，几年下来，老梁策划出书将近二十种，获得各方好评。后来海豚平台有限，老梁声誉渐起，找他的人越来越多。老梁便四面出击，同时在多家出版社，推出多套丛书，影响越来越大。作为"局外人"，老梁操作这么大的场面，一直得心应手，游刃有余。如此一来，老梁在出版界、文化界名声大噪，许多出版大腕儿都来找我，对我说："你是梁由之的老朋友，能帮助我引见一下么？"老梁与人接触时，也会添油加醋，时常说道，"我这一点能力发现，还是俞晓群先知先觉，引我入行"云云。每当此时，我的内心中就会涌出一些内疚之情，因为以老梁的才华，做金融，做文章，云游天下，指点江山，哪一样不好呢？却偏偏被我引入歧途，为人作嫁，做一些服务他人的事情，耗费精神不说，如果做乱了心境，却如何是好呢？还是让我独自追随张元济、王云五、沈昌文之辈，为他们的文化理想拾遗补缺去吧！梁兄才识俱佳，可以成就之大事正多，切不要碍于情谊，在此久留，那样下去，我会愈发感到愧对仁兄了！

（梁由之《天海楼随笔》序）

出版，一门文化生意

我之本性，面上温和，实则是一个不肯服输的人，做事争强好胜，内心中不大会臣服别人。但随着年龄增长，却发现自己对人对事的态度，有了一些变化，尤其是对后辈才俊，竟然在不自觉中，没有了竞争意识，反而产生某种无私的欲望，总想要扶持他们，或招致麾下，或预言哪位优长，未来必有大成云云，都是一件极其快慰的事情。这样的心境，在血气方刚之年，是体会不到的。盘点心中喜爱的人，或兄弟，或子辈，或孙辈，想到精神的延续，想到生命的希望，善的情绪就会升腾起来，内心中充满对他们的爱意。

王志毅是我极看重的一位青年人，现在也有三十几岁吧。我认识他却在二〇〇六年，那时我还在辽宁工作，工作之余为《辽宁日报》写专栏文章，写法是报社主编命题，他们拿来一本或几本书，让我写整版的评论文章。其中有一期，是评美国人泰勒·考恩的著作《创造性破坏——全球化与文化多样性》，我写的文章题为《文化多样性：左手赞成，右手反对》。我在文中提到译者，认为他的译者序言写得有水平，认为这样的译笔一定不是出自匠人之手，应该是一位很不错的学者。大约在我的文章发表一年后，译者王志毅见到此文，他给我写信，我才知道，他是一位二十几岁的青年，而且在出版界做事，主持浙江大学出版社北京分社——启真馆。当时我确实感到惊讶，因为我知道，出版圈中有学问的人不少，勤奋的人却不多。大概是行业特征使然，最容易养成从业者眼高手低、勤于动口、懒于动手的习惯。其中较好的人，能够满足"做出版人中好作家，作家中最好的出版人"，就已经很不错了。所以见到王志毅这样的青年才俊出现，我怎能不喜出望外呢！

不久志毅送我启真馆小礼物，仿木质烫花工艺的一套案上用品：笔筒、名片盒、裁纸刀等，更使我赞叹江南人物，做商人也有出离尘世的雅趣，心中又增添几分喜爱。

二〇〇九年我到北京工作，志毅见到我的著作《一面追风，一面追问——大陆近二十年书业与人物的轨迹》台湾版，立即提出要出大陆版，那就是《这一代的书香——三十年书业的人和事》了。他还借此创立"守书人丛书"，如今已经出版多种，其中有名的著作如《我在DK的出版岁月》《编辑这种病》等，都是我喜爱的书。

去年志毅的文集《为己之读》出版，篇幅不大，当时我就想写一点评论，因为心中对这本小书有三点喜爱：一是思想性，二是文章气质，三是字面干净。当然文如其人，这些年与志毅时常接触，他面上话不多，交流时不冲撞别人，举止上还有些腼腆羞涩的感觉。其实王志毅在两项事情上，最能表现出众之处，一是"言必信，行必果"，说到的事一定会做到，这是时下商界稀缺的品格，他却有了。再一是每逢讨论学术问题，他的学者气质就会表现出来，不逢迎，不含糊其词，不看他人脸色，那种直言表述的风度，就更加难得了。比如去年，我曾经写文章《出版，西方启蒙运动的发动机》，品评美国人理查德·谢尔《启蒙与出版——

苏格兰作家和十八世纪英国、爱尔兰、美国的出版商》一书，其中谈到十八世纪英国出版，我援引书中观点，阐释英国出版业对欧洲文化启蒙运动的贡献与作用，所用词语赞誉过重。志毅在网上读到此文，立即留言反驳，认为这样的评价失之偏颇。后来我在读书时发现，志毅曾经送给我几本"启蒙运动译丛"，是浙江大学出版社出版，都与上述问题有关。由此可见，志毅是一位认真研究问题的人，说话冷静思考，言出有据，如此坚持下去，积年有成，一定是自然的事情。

前些天志毅来信说，他的新著《文化生意——印刷与出版史札记》基本写好，希望我能为之写一篇序言。这真是一个好题目，因为我一直认为，目前中国有出版史，却没有书籍史。上面提到的谢尔《启蒙与出版》一书，就给出了一些让人惊讶的回答。他说长期以来，人们对于苏格兰启蒙运动的产生感到迷惑，究其原因，正是忽略了一个重要学科"书籍史"的研究。因为在作者"文本"变成"书籍"的过程中，饱含着许多重要因素，甚至是决定性的因素。但以往欧洲学者信奉笛卡尔的观点：

"阅读时要忽略书籍的外观、感觉和嗅觉",认为文本与书籍是分裂的。即使福柯在他的《作者是什么?》中,也至多承认"作者功能"是通过评论家和读者实现的,没有谈到书籍本身的作用。其实对于苏格兰启蒙运动而言,书籍出版起着决定性的作用,而在我们的文学史、文字史、学术史和思想史中,却丝毫看不到书籍史的存在,说白了,也就是书商的存在!比如出版过程、书籍的产生、作者与书商的往来信件,里面谈版税、谈开本、谈定价、谈装帧、谈广告、谈市场……这些被传统学者们不屑一顾的内容,最多被当作历史学的花边或八卦,谢尔却从中发现了"苏格兰文人共和国"名扬天下的玄机。

阅读志毅的书稿,我看到他已经认识到这些问题的存在,并且试图给出一些新的阐释与研究。书稿之中,他谈论西方印刷术的历史,资料丰富;而有两个章节,专论中国宋明两代印刷术的发展,落笔之时,自然有了中西互应的尝试。另外此稿的名字也引人思考,说是"札记",其实用的却是学术专著的笔法。尤其是"文化生意"一词的设立,恰恰点明了他学者与书商双重身份的优势。有了在两个领域游走的经历，他才会做到知行合一、心态平和，既不为文化而轻视生意，也不为生意而亵渎文化，由此深入下去，创作中国书籍史的功力就会显现出来。

也可能是游动的人生体验，经常会给志毅带来思想波动的苦恼。他有时也会找我聊天，谈论书商生活的优劣，以及投入学界的思考。其实有才华的人总会不安分，跨界的能力常常是他才华大小的重要标志。此时志毅的才华已经早早显现，书编得好，就影响了学问；学问做得好，又影响了心境。但人生之旅，面上千奇百怪，实则大同小异。智者多思多虑，双成者是有的，如钟叔河先生；多成者也是有的，如叶圣陶先生；一事无成者，却也满目皆是。我始终认为，人生的追求，首先是快乐，是平静的生活；其次在天赋，在路径，更在勤奋。我一直看重志毅，就在这里。

（王志毅《文化生意——印刷与出版史札记》序）

智慧的捕手

多年来业界流传，中国有三大书评版，一曰《东方早报》之《上海书评》，主持者是陆灏。二曰《新京报》之《书评周刊》，主持者是萧三郎，继而是涂志刚。三曰《晶报》之《深港书评》，主持人是谁呢？

《晶报》名字很帅气，三日成"晶"，辉映两岸三地；它的主编也很帅气，胡洪侠，江湖上称"大侠"，名号极大，除了沪上毛尖敢碰虎须，其他的人都只有诺诺称是的份儿。《深港书评》就是他创意，定位极好，占了地利，占了资源，占了人气。出刊也与那两家大相径庭，我称它有三范儿：洋范儿、港范儿、台范儿，三者混搭，构成深圳独有的胡范儿——胡洪侠的胡。所以谈到三大评论周刊之《深港书评》，大侠以《深圳商报》《文化广场》起家，搞阅读推广成就卓然。这些年在集团与《晶报》占位，更是如日中天，一个太阳都不够，要众星捧月，炫目之下，那一众人物都很优秀。那么在大侠手下做《深港书评》主持的，会是谁呢？明知故问——刘忆斯。

忆斯是七〇后，祖籍在东北，他却在山西长大。忆斯外貌：头大、胸阔、体壮；气质温和，甚至有些温柔，还貌似谦逊；谈话音调富于磁性，具有天生的亲和力。尤其是他那双眼睛，用东北话说，叫贼亮！他采访时，专注的眼神，让我时而想起当初央视的王志，还有曾经客串主持的陈丹青。

但这一切都是表面现象，忆斯最重要的气质是什么呢？我认为是骨子里的傲气。我喜欢这样的气质，尤其是年轻人，没有点傲气，何来自信心，何以立足于世间，何以抵御来自各方面的压力呢？记得我在辽宁教育出版社当社长时，曾经提出三点治社方针，一是淡化人际关系，二是杜绝把"能挣钱么"挂在嘴上，三是培养绅士风度。当时就有人问："绅士是什么风度？"我回答："我的理解是平等、平和与骄傲。"后来有领导对我说："晓群，辽教社的人都让你教坏了，没大没小的，都敢跟领导争辩。"但我喜欢这样的氛围，所以我喜欢忆斯骨子里那一丝丝隐含的傲气。

回到主题。我六年前来北京，后来与大侠交往甚密，进而得识忆斯，有五年了。为他写文章，与他聊天、解疑、喝酒、吃烤肉，可以回忆的事情真的不少。重要的印象是什么呢？

首先我想到，忆斯是一个孝子。中国男人的最高境界是什么？所谓修身、齐家、治国、平天下，我觉得，最有人情味的境界，是父慈子孝，此为做人的根本。前些年忆斯父亲病重，直到去世期间，他一直在深圳和西安两地跑来跑去。父亲去世后，他经常陪伴母亲。那一种真情流露，是装不出来的。尤其是我在微信上见到，他陪在父亲的病榻前，夜深人静，捧着一本书在读，还倾听父亲讲他过去读书故事，见到那景象，我确实要落下眼泪。因为那样的事情我也经历过，家中的老人病了，我白天上班，晚上去医院陪护。每到深夜，我捧着一本书，在医院走廊中借着灯光阅读，耳朵还要倾听着病人的呼吸声。那时我三十几岁，工作压力大，家庭负担重，确实很累。但现在想起来，那种辛苦是人生最大的幸福，错过了那个时日，再想尽孝都不可能了，"子欲养而亲不待"，那是多么难过的心情啊！所以我想，忆斯的父亲一定是一位慈父，传承下来，他也是一位慈父。生活的美好，心地的善良，为人的坦诚，都在这里孕育。

其次我想到，忆斯是一个才子。读书多，读西书多，读怪书多。多到什么程度呢？有没有大侠读得多呢？没比过，但若读得不多，何以学经济的出身，获得大侠如此青睐呢？当然读书也不可盲目，其中也有智慧。忆斯的智慧表现在四个方面：博识、慎思、善辩、敏锐。在这里我不一一述说，单说敏锐一项，却是报人首要的功夫。忆斯敏锐的表现很丰富，在这里我也不一一述说，单说他为文章开列题目，实在是报界一绝。比如这一部《书在别处》，汇集他采访海外作家、学者的文章，其中一大特色，就是大标题、小标题起得真好，既点明主题，又吸引眼球，称得上高手所为。像李长声何以久居日本？题曰"满足我对于中国古文化的想象"；李欧梵对于中国的印象？题曰"我心里的中国就是唐朝"；董桥对于语言的感受？题曰"普通话听起来就很革命"；李敖对于微博的评价，题曰

"微博有点像厕所文化"。多好的题目啊，这其中融入多少人生智慧啊！忆斯正是这智慧的捕手，同时他自身的智慧、格调、眼光、好恶，一并融入其中。

我在《晶报》写过一些文章，有约稿，有投稿，有访谈，确实也领教过忆斯的才气。比如有几篇文章，都是忆斯帮助我改的题目：我为毛尖著作《我们不懂电影》写序《说毛尖》，他改为《让我惊呆呆了的毛尖》；我写法兰克福书展，题目叫《美因河畔谈中国出版》，他改为《美因河畔的梧桐树叶第十次黄了》；我写深圳，他起名《深圳真的那样有文化吗》。实言之，我确实很喜欢这样的改动，有灵气，有感觉，有时代感，还有旧报人的风度。

最后我觉得，忆斯还是一位有赤子之心的人。如今叫正能量，这个词有些俗气，借用一下，忆斯组织的版面，却是满满的正能量。他采访那么多大学者，敏感人物，当代优秀的知识分子，但他的思路更看重对人心灵的挖掘，不是在愚弄受访者，也不是在强奸阅读者。说到记者采访，我曾经上过当，被人套出私下的观点，强行发表出去。但我相信，在忆斯身上，不会发生那样的事情。即使是逸闻旧事，也要写得大气、正气，不强求猎奇、标题党，蒙骗读者，丑化受访者。还有把握政治话题，是忆斯的出众之处，他有思想深度，不为时势左右。当然，在这里我也看到胡洪侠的影子。办报纸副刊，这点功夫最重要，许多报纸靠这一点存活，许多报纸在这一点上死去。忆斯做得可能不是都好，但读《书在别处》，我觉得他有这个能力。

我阅读此书时，感到忆斯猎取的人物让人喜爱，并且他的采访有深度、有趣味、有个性，内容健康，与众不同，超乎想象的好看。通常我不大喜欢看采访文章，原因是文体断断续续，再有采访者的水平高低，往往会影响文章的质量。忆斯的采访言之有物，文章完整连续。所以我赞扬他的真诚与功力！这些年忆斯留下文字不少，这一册小书结集出版，可能只是一个开端。

（刘忆斯《书在别处》序）

值得尊重的小辈

张国际是一九七五年生人，与我有将近二十岁的年龄差距，这应该是一个隔代的年龄，但我对他却一直以同辈相待。事业上合作长久、相交深厚就不用说了，多年以来，国际自身表现出来的成熟、能力和品行，使我对他一直在怀有对后辈喜爱的情绪之外，又多了几分尊重与期待！

先说尊重，这样的词汇一般是要用到老辈或同辈身上的，其实面对小辈，尊重也是必要的；反过来小辈能够赢得长辈发自内心的尊重，更为难得。其实我对待年轻人一直很挑剔，因为我长期做企业，经常招聘新人，为几个名额，常常会有上百人前来报名，国际也是这样进入我视线的。那是在一九九八年，他大学毕业未及一年，在一所大学当老师。他老家在辽西山区，人长得瘦弱，虽然在城市读书多年，表面上还未完全脱出山乡的气质。我

197

问他为什么放弃大学老师的职位，来这里当编辑？他说因为辽宁教育出版社的品牌，因为"新世纪万有文库"，因为这里有他喜欢的书和人。我知道，多数应聘的年轻人是事先做了功课，应聘时又会多说好话。但我发现，国际却不是。可能源于他父亲是山村教师的背景，他是一个很有教养与学识的孩子，做事情肯用心思，又极其努力。所以他到辽教社不到两年，刚刚二十五岁，我就破格提拔他做了总编室主任。说起来我敢这样做，基于对他做过许多超常的考验。比如引进"幾米绘本"，最初许多人看不出价值，做起来有些犹豫；我试着让国际做，没想到他极其重视这个项目，几夜不回家，不休息，一鼓作气就把事情完成了。所以说，国际是引进"幾米绘本"团队中，最重要的一员。为此，我还把他送到台湾工作几个月，向台湾大块文化出版公司学习不同的出版观念，更加增长了见识。再一件事是我经常交办他写文件，做文案，一般是难不住他的，也是他有思想，有研究能力，文字基础好。记得那一年，我的小书《数术探秘》出韩文版，需要我写一篇"韩文版自序"，我个人的文章是从来不让别人代笔的，当时我正在开会，就随嘴对国际说："你先帮我写一份草稿。"没想到他憋了一个晚上，第二天果然拿出一篇"序言"，此前他对数术没有研究，却通篇文字丝毫没有走板。虽然我没用他的文章，但从那一次起，我确实对国际有些另眼相看，我想到自己年轻时，也接受过类似的任务，有了压力，也有了后来的成长；对比起来，总觉得自己当初没有国际那么好的基础，没有他那么坚强的毅力与耐性。

后来国际离开辽教社，跟我到辽宁出版集团工作，折腾一些创新的项目。他与柳青松合作，做了许多令人难忘的事情，比如与贝塔斯曼合作，成立合资公司；出版苏叔阳《中国读本》和《西藏读本》；出版赵启正《在同一世界》；出版王元化《认识中国》等等，都是一些大事难事，我们却件件做得成功，因此在朋友圈中，也有了"辽宁三剑客"的称谓。

另外我早早使用国际，还有一个心理依据，那便源于张爱玲"出名要趁早"，我认为"做事也要趁早"。认准有前途的青年，早一点给他们锻炼的舞台，会使之一生受益，为社会贡献。国际做事努力，三十几岁已经是正编审了，还在做辽宁出版集团图书部副主任。但我也相信"性格决定命运"的道理。俗语说，"有才气就会有脾气"，国际也是有小脾气的人，他做人做事有见解，有立场，有坚持，不大会圆滑，成长路上自然会遇到许多困难。我觉得这是好事，不必事事委曲求全，改变自己的人格与方向。况且男人最怕丧失的是血性，有了这个底线，其他的事情就都可以放下了。不过今年国际步入四十岁年龄，随着思想日渐成熟，我又要劝他今后做事要日趋和缓，多一些协调能力，不可过于刚健；举止行为，以外柔内刚为最好。一个人，多舍去一些欲念，心境自然会清爽许多。

现在国际新书出版，我已渐老，他却偏要让我作序，让我回忆过去，让我感伤。好在看到小辈事业顺利，文章长进，举步端正，还是发自内心的高兴，留下这些絮语，不大像序言，算作一点期待吧！

（张国际《四百五十公里的际遇》序）

八〇后——眉睫

梅杰著此书，确实是我的"命题作文"。我这样做，主要出于三点考虑：

其一，自二〇一一年初，梅杰离开湖北家乡，北上京城，来到海豚出版社，出任文学馆总监，操持《丰子恺全集》的编辑工作，在此一做就是五六年，年龄也由二十几岁步入三十几岁。在这样的年龄段，能够亲手编辑自己喜爱的书，实在难得。正如我一生从事出版工作，始终憧憬的生活状态，就是编自己喜爱的书，结交志趣相同的作者和读者，记一些笔记，作一些研究，谈一些体会，提一些建议，听文人八卦，写即兴文章，凡此种种乐趣，几乎成为我编辑生涯中始终追求的快乐时光！因此每当我回忆往事时，经常赞叹这样的生活方式，同时希望有更多的人，能够得到类似的文化享受。我提议梅杰在编辑《丰子恺全集》之余，能写一些"札记"的初衷正在于此。

其二，当然，编辑要做到钟叔河提倡的"两支笔"，也要看职业定位与编辑本人的天分。首先说职业定位，编辑工作原本就有策划与案头的区别，但这样的区别只是业务分工不同，并无高下之分，做好两项工作都不容易，并且都能出高手。按照这样的区分，梅杰属于策划型编辑。其次说编辑的天分，它又有研究型与非研究型的区别，这一项区分，就要分出编辑能力的高下了。有研究能力的编辑，才会有发现能力、创新能力、综合能力和规划能力，才会在策划上或案头上，为出版社出谋划策，才能为作者提供更为深层的服务，才能更为理性地规划选题、出版好书。按照这样的区分，梅杰属于研究型的编辑。在五年多的时间里，他不但组织五十卷《丰子恺全集》的日常编辑工作，同时还不断推出一百多本丰子恺的各类著作，使海豚出版社几乎成为近年来丰子恺著作的出版基地和中心。当然在做这些工作时，梅杰也不是单纯追求数量，而是按照一些原则操作：一是根据市场需求，及时出版相关著作，比如他首先推出《丰子恺儿童文学全集》七卷本，目前已经重印多次，成为畅销书；类似的还有《缘缘堂随笔》，被许多地方列入读书计划，今年以来，几乎每个月都有近一万册的发货量。二是根据编辑《丰子恺全集》时的研究成果，及时出版新书，为读者服务，比如《子恺书话》、《子恺日记》、《子恺书信》、《缘缘堂集外佚文》（上、下）、《艺术教育》（未刊稿）、《丰子恺品佛》等。三是拾遗补缺，填补空白，纠正谬误，比如影印出版三十二卷丰子恺漫画集，有规模，有价值，有市场。

在此项工作中，有丰一吟、陈子善、陈星、陈建军、叶瑜荪、刘晨、吴浩然、杨子耘、李忠孝、郑在勇、吴光前等前辈和专家的引导与支持，梅杰本人的努力与水平也是明显的，他经常会表现出很高的思想水准、工作热情和学术主见，将一些被人认为老旧的、过时的东西，重新整理出来，补充不足，重塑市场，做出不小的贡献。尤其是梅杰对于编辑工作的把握，既没有越俎代庖，也没有人云亦云，整个操作过程稳稳当当，这也是我希望他能结合自己的工作体会，写一些东西的重要原因之一。

其三，看到梅杰，我想起自己小时候，父亲告诉我做事要"狡兔三窟"，不能单打一，这样才能永远立于不败之地。说到梅杰的知识结构，也够得上是三栖式的人物，学问、文章和出版，都有成就。但就出版而言，它毕竟是一个"为人作嫁"的行业，我在其中浸润三十多年，每每见到有才华的人物，心底总会涌出一些惋惜的情绪，像胡适自己不肯做出版，像钱锺书为陆灏做出版而惋惜等故事，我的想法与他们的观点是相似的。虽然我知道出版也会产生张元济、王云五、陈原、沈昌文、钟叔河那样的大人物，但是每当我像催命一样，督促梅杰他们快发稿、多发稿、创效益时，事后都会产生一些不安的感觉，总觉得他们的才华还应该有更大的发挥，因此也愈发希望能让他们的才智与出版工作结合起来，以此来平复我作为商人一面的歉疚。长期以来，社会上经常有人评价我不是一个好商人，究其根源，可能就在于此吧。

梅杰是八〇后，我几次在人前人后赞扬他是一个好青年，天资好，基础好，气质好，如果走正路，未来会有大成就。但是何谓正路呢？这个问题真的不是一语道得清楚。我想到三个关键词，一是传承，不要凭空设想；二是选择，不要什么都想做；三是平和，不要树敌太多。人生无常，道路的长短都是变化的。相对而言，走上正途不易，走上歧途却很容易。说到解决方案，我觉得参考前辈的经验，融会贯通，是唯一聪明的做法。

我追随前辈，经常提到张元济、胡适、王云五、陈原、沈昌文、钟叔河……其实芸芸前辈，彰明昭著，究其生活智慧，各有不同。他们的人生经验，有些可以学，有些不可学，有些一定要学，有些学不了。对我们而言，自然要结合自己的天资，结合自己的性情，结合自己的人生态度，结合自己的志趣，有所取舍，有所将就。我前些年说过，要学张元济做人，学王云五做书，学沈昌文做事，延伸下去，还要学胡适做学问，学陈原做文章，学范用做书人，学钟叔河做杂家。他们各有所长，各有所短，我们能够取其所长，避其所短，从中获取一二心得，都是一生的幸事！

以上心得，因梅杰新著感发，期望共勉。

（眉睫《丰子恺札记》序）

出版家王云五

一

王云五先生是一位伟大的出版家、学问家和社会活动家，是近百年以来，中国最优秀的知识分子之一，他为我们这个国家和民族所做出的贡献，是辉煌的，不可磨灭的。

本书撰写，力争按照传记的体例落笔。但可能是由于王云五先生的经历过于丰富，可能是我们的思想还存在着某些认识的禁区，也可能是我的手笔实在缺乏把握这样一位伟大人物的能力。没有办法，我只好按照王云五先生的教导：当你遇到一个大困难的时候，你可以使用笛卡尔的方法，将大问题剖分为一个个小问题，再一一求得解答，而后综合总结，则整个大问题随之获解。在王先生的一生中，许多次都是运用此法，达到转危为安或转败为胜的目的。另外，我们赞叹王先生的学识和智

206

慧，王先生却说，其实在更多的时候，是耐心在起作用；而这种化大为小、各个击破的方法，就可以在一次次小胜之时，为你积累信心，增强耐心，使你不至于被"大问题"一次击倒。这就是人生的智慧！我在此书的写作中，一直试图把王先生的这种方法，融入我的笔端，让我能从一个个小问题入手，一点点将它们诉说清楚，然后再将它们聚拢起来，组合起来，为读者献上一个面目清晰、阐释准确的王云五先生！

按照这样的思路，本书用十章的体例，将我对于王云五先生的研究和认识，大体划分为五个部分。

第一部分是自学，我用了整整一章的篇幅，详细阐释了自学精神对于王云五先生一生的影响，从中我们尤其可以看到，自学对于他后来从事出版事业，成为一位大出版家，所带来的帮助和成就。

第二部分是出版，这是本书的主旨论题，我一共用了四个专章，深入介绍和讨论了王云五先生在这方面的表现。其中：我用一章的篇幅，讲述了王先生的"出版简历"，因为他的个性，是一位喜欢跨界、喜欢改变生活现状的人，所以详细地考察他在出版领域中，一会儿任职、一会儿辞职的故事，非常有趣且耐人寻味。接着，我用三章的篇幅，逐一讲述了王先生的文化理想、选题思想和经营理念；在相同的时间段里，根据不同的主题，分别剖析了王先生的心路历程，三条线都力争细致入微，然后再将它们综合起来，力求达到让王先生跃然纸上的目的。

第三部分是教育与写作，我们知道，王云五先生是一个多面手，他不但在出版方面成就卓然，而且还是一位教育家、学问家、政治家和社会活动家。但本书的主旨是写"出版家王云五"，所以我在介绍王先生在其他领域的事情时，按照"与出版相关"的原则，选择性地加以论述。首先，王云五先生一生中从事教育活动的时间仅次于出版，并且对于出版的影响极大；所以我用了一章的篇幅，讲述他的教育生涯。类似地，我还用了一章的篇幅，讲述了王云五先生的写作经历，他一生中那样奔波劳碌，还能写出五十多本书，数不清的文章和演讲，留下上千万字的著述，实在是一件不得了的事情，一直让我敬佩不已。而且我也一直认为，要想做一个好的出版人，一面编书，一面写作，恐怕是一件必备的硬功夫。

另外，关于王云五先生从政的一段经历，本书中经常会涉及，但是我没有将其列为单章论述，大约出于三个原因：其一，本书主旨是写"出版家"，而王先生从政的经历，就其整体而言，与出版的关系不大；其二，在我国百年的历史尘埃还未完全落定的时候，我也不想谈论它们；其三，我本人的人生态度，就是对于从政颇为低能，看不大懂。但是，有一点必须强调，我不写王云五先生从政那一段经历，绝不是因为他做官做得不好或做错了什么，对于一个自学成才的苦孩子来说，他一生奋斗，能够达到那么高的社会地位，取得那么大的成就，始终保持廉洁，实在让我无限地敬佩！

第四部分是人际交往，列这样一个专题，完全是出于我的突发奇想。因为王先生一生做了那么多的事情，用金耀基先生的话说，"他一辈子做了别人三辈子的事情"。在此过程中，他结交过很多人。俗语说："人以群分，物以类聚。"我们大可以透过这样一个侧面，更全面地了解王先生的为人、志趣和道德等内容。所以我用了一章的篇幅，分教育圈、出版圈、文化圈、政治圈等几个部分来阐述这个问题，每一部分只是选择一些重点人物，点到为止；没想到这方面的内容如此丰富，信手之间，竟然写了将近三万字，成为本书最长的一章。

第五部分是基金建设和在台出版，两个问题各写一章，都是王先生到台湾以后发生的事情。其实这两章的写作体例与全书有些脱节，但是由于两岸长期隔绝，我们对于那段历史的了解还是太少、太肤浅了。比如文化基金会的建设，几乎成为王云五先生在台湾那段时间里，最重要的社会活动，甚至超过了他教学、从政和出版的种种事情。同时，王先生对于文化基金重要性的认识，也很值得我们学习和借鉴。至于"在台出版"一节，我完全按照一般传记的写法，以时间为主线，将他那一段出版生涯再现出来。对于我们来说，其中许多事情也是新鲜的，缺乏了解的。

最后针对本书，我还想谈一个问题。那就是写王云五先生是一件很难的事情。首先，他在大陆的历史背景是既定的，历史评价也是既定的；在既定的东西没有修正的情况下，要想全面、客观、准确地评价王云五先生，几乎是不可能的。其次，我是出版业内的人，通过认真地研读典籍和分析数据，我觉得自己已经比较了解王云五先生的所作所为对于中国出版业的巨大贡献了；在本书中，我只是想通过实际的数据和例子，把它们尽量地表述出来，而不想做更多的评价和议论，因为我原本就是一个注重实际而不善于舌辩的人。另外，我很想跳出时空的藩篱，在人本主义的意义上，给王云五先生一个评价：他是一个优秀的知识分子，他是一个国家与民族的文化精英，他是一个健全的个人主义者。

正是基于上面的背景，我在书写本书之初，就确定基调：以往人们对于王云五先生，远观的议论太多了；这一次，我想尽力避开先入为主，尽力避开既定方针，主要听一听他本人的诉说，听一听他周围人的诉说，听一听历史的另一个侧面的诉说。

写下去我发现，他们的心态比我们要平和许多，也要客观许多。写下去我发现，在许多事情上，我们不停地争争吵吵，结果却是殊途同归。写下去我发现，再现历史真相，真是一件很难的事情。但是在一种奇怪的力量支持下，我竟然写得飞快。现在总算搁笔了，精神与身体的双重疲劳，总算在可逆的时候，得到了缓释。

二

我知道王云五先生的名字，大约是在二十世纪八十至九十年代之交。那时中国搞改革开放，门户打开了，许多新知识、新思想纷纷涌了进来，许多我们此前不知道的人物，也不断地进入我们的视野。当时我在辽宁教育出版社做事，偶然的机会，发现一家古旧书店中，正在处理民国时期的旧书"万有文库"。那一叠叠破旧的小书，深深地吸引了我的目光。接着我读到王云五先生为这套文库所写的《"万有文库"缘起》，读到他周密的出版计划，还有二十世纪三十年代，美国《纽约时报》采访王先生，所发文章的题目《为苦难的中国提供书本，而非子弹》，更是引起我巨大的心灵震撼。

我是为王云五先生热爱出版与文化的智慧、责任与勇气所折服了，从此产生了学习与追随王云五先生的强烈愿望。此后不久，我就在辽宁教育出版社启动了"新世纪万有文库"，请来策划人沈昌文、杨成凯与陆灏三位先生，设立三个文化书系：古代、近世与外国，希望能在跨世纪的十年之间，出版一千种图书。这个计划最终只实现了百分之六十，即出版了六百多种图书，但是已经得到读书界很高的赞誉，并且至今余响不绝。我却在这不绝于耳的议论声中，陷入更加沉重与痛苦的沉思之中，一个接着一个的问号，不断地在我的脑海中涌现出来：为什么商务印书馆那样一个民营企业，会有如此伟大的文化理想？为什么当时的社会环境那样恶劣，张元济、高梦旦、王云五等人，却能做出如此伟大的出版事业？为什么作为我们国家与民族的精英，王云五先生在文化与出版方面做出的伟大贡献，在世界上都受到人们的肯定与赞誉，我们却还要争论不休呢？循着这些问号思索着，我对于王云五先生的认识，走过了由惊叹到疑问，由疑问到思考，再由思考到逐渐明晰的过程。我围绕着王云五先生所写的文章，按照时间排列，就有《向老辈们学习》（一九九五）、《关于一个奇人的奇思妙想》（二〇〇五）、《王云五，梦萦中的迷离影像》（二〇〇六）、《王云五的三个"出版锦囊"》（二〇〇七）、《王云五，一位备受争议的文化奇人》（二〇〇八）、《一个知识分子的"一念之误"》和《王云五：何许人也？》（二〇一三）、《在台北，见到王云五》（二〇一四）、《王云五：抗战中的文化斗士》（二〇一五）。于是在不自觉中，我的思想与行为，也由出版的感性实践，逐渐走向文化的理性思考之中。

二〇〇八年，在中国新闻出版报记者朱侠的命题下，我开始为该报撰写专栏"晓群书人"，在两年多的时间里，我写了中国近百年以来，一共十一位出版家。在这里，我把王云五先生排在第二位，仅列于张元济先生之后。二〇一〇年，以这个专栏为基础，我的一本小书《前辈——从张元济到陈原》出版，权作我理性思考的一个标志。

二〇一二年，人民出版社组织出版"中国出版家丛书",希望我能够写一个人物。我原本只是一个出版人,多年来不断跨界活动,撰写文章和著作,经常会有疲劳不堪和底气不足的感觉。但是有了上面的思想准备,我还是鼓足勇气,主动接下《出版家王云五》这个题目。经过一年多的读书和思考,我从今年四月一日开始动笔,到六月份,近二十万字的书稿,已经基本完成了。

能有这样的成果,我首先要感谢王云五先生的精神感染。他自学成才,做事从不服输,读书巨多,编书巨多,写作飞快,一生留下著作五十余部、文章不计其数、文字上千万言,直到八十岁时,他每一天还能写出四千字的文章。对照我们这一代出版人,许多人整天嘴上挂着忙啊、累啊、没有时间啊等话语,与王先生对照起来,着实感到惭愧得紧。于是在两个多月的时间里,我在工作之余,每天写作到深夜十二点,还用上了全部周末与节假日的时间,每天提起笔,思想如泉水一样汩汩而来,笔触也显得要比以往快速了许多。一切消极的念头,诸如累了老了眼花了之类的叹息,都在王云五先生伟大的奋斗精神面前,羞愧地潜伏了起来。我想，有这样的精神状态，一定有王云五先生冥冥之中的鼓励。

最后，要感谢吴尚之先生、黄书元先生的鼓励；还要感谢人民出版社陈亚明、贺畅、卓然；以及李忠孝、杨小洲、韩秀枚、朱立利、曹振中等好友的支持和帮助。

（《出版家王云五》前言、后记）

精打细算的思考

这本集子中的文章，取自二〇一三年九月之后，我为一些报纸、文集和刊物的随机写作。所谓随机，是说非固定的专栏文章，大多是编辑、记者突然约稿，文章长短不齐，论题集中在我的职业所为，或者时下发生的一些热点问题，有感而发、有感而论而已。

话说此书题目，看上去有些俗气，很容易让人联想到"精打细算"之类词汇，所以我拟此题目，向朋友征求意见时，就有人说："怎么会有老账本的感觉呢？"其实并非如此。两年前微信兴起，我在填写"个性签名"时，突然想到孔子的话："食不厌精，脍不厌细"。转其意而用之，我便杜撰出"书不厌精，文不厌细"的句式，贴到网上。没想到被当时《中国编辑》主编陈虹看到了，她对我说："这个题目好，我们正在做一个'积极向上'的专题，你就以此为题目，给我们写一篇文章好么？"我遵嘱写好文章，发表在该刊的首篇。后来，百道网程三国、令嘉也说此文写得好，又作为题头文章，在网站上转载。没想到其中不小心，误将"板块"写为"版块"，马上有一位网友在跟帖中写道："哎，把板块说成版块的人，不可能追求得到精致，呓语而已。"这句留言听起来很刺激，但却再次给我敲响警钟，写文章的人，做编辑的人，每一刻都不能放松自己，每一刻都不能翘尾巴，每一刻都需要对自己的文字和书稿精打细算！

正因为如此，在考虑这本小书的题目时，我的思绪始终跳不出"精细"二字，一者以惧，再者它代表了我的人生追求。杜甫说"语不惊人死不休"，我们没有那样的天赋与造化，但总不要糟蹋文字，被人家骂死！这便是我列此书名的初衷。

至于称其为"集"，也是我附庸风雅。小时候读契诃夫小说，书名都带有一个"集"字，诸如《醋栗集》《美人集》《儿童集》和《巫婆集》等，看上去整齐、文雅、庄重，因此在我早年的观念中，留下那样的一个印象，认为能将自己的作品称"集"的人，其创作一定已经达到精美、多产的境地，或者借用当下的流行语，已经可以"就这么任性"了。不过这两年读书编书，却发现周围的师友们都开始"任性"起来，诸如王充闾《域外集》、杨小洲《抱婴集》、张清《吹皱集》、祝勇《故宫记》、姚峥华《书人小记》等。那天我还专门问杨小洲兄："你们都这个集、那个记的，我的新书也叫《精细集》如何？"他对于"集"字，倒没有像我那样的感觉；对于"精细"二字，他笑言道，这容易让人产生锱铢必较的误解。我说那样也好，我不避讳自己的职业是一个文化商人，但是，我正想告诉读者，我最计较的不是金钱，而是文字！

不过确定书名之后，我又有了思想负担。暗想如果不用"精细"二字，文中出现一些句法不干净、字词不准确等问题，还可以找个理由敷衍过去；如今你自称精细，还敢套用夫子的语式，不是自立靶子，找打找骂么？是啊，鄙人年岁渐高，思虑渐多，做事的勇气与冲劲，也较年轻时消减不少。此番确定书名，备受"精细"二字折磨，最终还是抱定青山，没有拔去这面旗子。不然为文一生，连这一点底线都不敢追求和坚持，那活着还有什么意思呢？

最后，感谢沈昌文先生的序言，长期以来，我的书都由他写序，此事我会一直任性下去。感谢杨小洲兄的封面与版式设计，他的创意总让我既担心又渴望。感谢王志毅兄支持；感谢李忠孝、朱立利、吴光前、曹振中、郝付云、王瑞松、张镛等诸位朋友帮助。

（《精细集》后记）

一个人与一群人

　　早年，我没有写日记的习惯。究其原因，主要是两件事情的影响。一是我的父亲，他参加过延安整风运动。当时与写《三家巷》的作家欧阳山同住在一个窑洞里，亲眼看到一些悲惨的事情。因此他一生不肯写文章，不在纸上留只言片语。他也一直告诫我们，不要写日记，不要搞文学创作，不要热衷政治，最好学理工科，那样生活会安稳些。父亲到了晚年，每当我们发表文章，拿回家请他看时，他总会说："不要乱写啊！"但哥哥对我说，我们走后，父亲会将那些文章认真收好，有空暇时间，便拿出来翻看。哥哥还说，在父亲去世前几年，他吃过午饭后，喜欢躺在书架旁的沙发上小憩。此时，经常见到父亲拿起我写的小书《人书情未了》，一遍遍翻阅。

　　还有另一段故事，也对我颇有影响。我的岳父祖籍山东，祖辈迁居北方，世代行伍出身。他早年在家乡务农，高高大大的身材，用铁锹劈死一个日本兵，只好离开家乡，只身去从军。他作战勇猛，打残了一条胳膊，职务做到营长。解放后，随王震去北大荒军垦农场当场长，当时丁玲就在那个农场劳动改造。岳父说，王震曾经去看过丁玲；还嘱咐他，要适当照顾好丁玲的生活。岳父对我们说，一个写小说的女子，下场那么不好，你们将来还是不要搞文字工作！

可能是出于与生俱在的基因作用，我大学读完数学系后，最终还是投身于人文编辑工作。随着"文革"后社会环境的好转，我从一九九一年开始，打破父亲的戒律，写起了生活日记。但落笔时依然心有余悸，只记一些简单的事情，不写思想动态。就这样，一记就是二十多年。除此之外，我还为自己设立一个计划，即把日常工作中写的文章、来往信件、所见资料、审读意见和重要日记等，按照时间排序，有目的地汇集起来，作为日常记事的另一条主线，期待日后有闲暇的时候，再结合自己的日记，做进一步的整理。

二〇〇三年，我离开辽教社，离开出版一线，被调到出版集团工作。日常事务不那么忙了，因此在二〇〇六年的某一天，我下决心，开始整理自己的那些资料。我按照年代排序，从一九八二年开始，到二〇〇二年截止，共二十一年。经过一年多的时间，总算理出一个眉目，汇拢出一个"四不像"的东西，大约有五十多万字。我最初称之为《我的编辑日志》，后来曾经改称为《为书二十年》，最后确定为《一个人的出版史》。

在整理过程中，我发现两个问题：其一，从一九八二年到一九八六年，我从事理科编辑工作，接触到许多科学家，与他们的信件往来不少，但在一次办公室搬迁中，大部分丢掉了。那时还没有电脑，信件都是纸制品，遗失后就找不到了，所以这部分内容整理，只有靠其他资料填充。其二，大约在二十世纪九十年代初，办公电脑开始进入我们的生活，还有复印机、传真机等设备的出现，人们逐渐不邮寄信件了，而是大量发传真。这样做提升了办公效率，但我在整理材料时发现，传真件的留存时间极不持久，过一段时间，字迹就会自动消失。

后来网络逐渐开始流行，传统信件越来越少，传真件也越来越少，它们统统被电子邮件所替代。但是与纸质书信相比，人们书写邮件，多数不大注重言辞，随手表达，说清楚事情就好，因此失去了传统书信文化的许多情趣。尤其是电子邮件容易丢失，邮箱换来换去，病毒四处流窜，邮箱容量有限，种种新问题的出现，都会改变我的资料构成。值得强调的是，电子邮件有一个最大的好处，那就是双向来往的信件，都可以存储下来。

另外有一点说明。在整理这些日志之初，我还未确定出版方式，只想将逐年文字尽量收全，以备不时之需。没想到随着时间的推移，这些资料愈发难以见到，因此也愈发让我舍不得删除。更为有趣的是，这样按时间排序整理资料，许多文字翻阅起来，会让人产生一种极为独特的感觉，完全不同于通常独立文章的阅读。

在这些文字整理过程中，我曾经请几位老师和朋友翻阅，他们从不同的角度，给予我许多指导和鼓励。

首先是沈昌文先生。他见到此稿时，正在应郝明义先生之邀，为台湾大块文化出版公司写个人回忆录《也无风雨也无晴》。我的记录之中涉及沈公晚年的事情不少，他一面翻读，一面赞不绝口，还曾经在几篇文章中说过自己的感受。他说："看了晓群的年代记录，深深感到回忆要趁早，写作要趁早。现在我老了，才想写，许多资料都散失了，许多事情都忘记了。"他还说："俞晓群是有心人，工作之余做那么详细的笔记，看来他做了很多优异的事情也不是偶然！"另外，按照惯例，本书成稿后，我要请沈公写序。他没有推脱，只是说："稿子太长，我会读完再写，要慢些。"现在序写好了，依然非常好看。一位八十五岁的人，思想常葆青春，思维丝毫不逊于年轻人，实在让人敬佩。由此我想到半年前，沈公为我的另一部小书《精细集》作序，其中谈到一次活动，他说我在场，是记错了。我后来与上海王为松说过此事，为松说："别改了，那是沈公的错啊！你将来写文章时，再讲一讲这段故事，不是很好么？"

其次是王充闾先生。王先生一面从政，一面写作，对人生之路的认识最为深刻，让我敬佩。我在辽宁工作时，几乎每个月都要拜见王先生，请他信马由缰，谈一谈对一些事情的看法。王先生对人情世事悟得极为深透，因此我始终将他奉为人生导师，每遇问题，总会请教。他最初对我了解，源于我的一本小书《数与数术札记》，我请他写序，他首先考问我："你知道《易经》与《易传》的区别么？"读过此稿后，王先生说："依你的才华，真不该去做出版。"我知道，王先生对出版的认识，类似于胡适的观点，自己能做学问，为什么要替别人做"嫁衣裳"呢？所以他几次劝我，不要陷于出版界的勾心斗角之中，到头来会得到什么呢？但是，当王先生看过我的这部《一个人的出版史》部分章节后，他恍然大悟，惊讶在这一行当中，接触各类人物如此之多，人物的层次如此之高，文化热点如此之丰富，资料汇集如此之生动，实在太有意思了！当然，王先生是站在作家的角度，看待我的编辑职业，他看出了出版的情趣，看出了文化的价值，看出了写作的噱头！

再有是柳青松。此君是我的小兄弟，大学历史系毕业，跟着我做出版有二十多年。他基础好，有思想，做事循规蹈矩，老老实实。用沈公的话说，小柳也属于好人家的孩子。当年他在辽教社，从编辑室主任、发行部主任、总编室主任，一直做到副总编辑，三十几岁已经是正高级职称。他最大的优势是审读书稿极为认真又有水平，主持过《吕叔湘全集》《顾毓琇全集》和《李俨钱宝琮科学史全集》等项目的编辑工作，还担任过《万象》杂志执行主编。他看稿子我最放心，当年沈公与陆灏编《万象》，也曾经开玩笑说，首先要过小柳这一关啊。此次出版《一个人的出版史》，我虽然已经离开辽宁，还是想到让小柳帮助我看一遍，其中的许多内容，他都十分熟悉。小柳接过书稿，一看就是半年，发现很多错字，提出很多修改意见。读完书稿后，小柳也很感慨，他说自己也没想到，我们这些年的出版经历，回顾起来，竟然如此丰富，真是难得了！

　　还有，促成此稿出版，首推的人物是梁由之。初识梁兄，大约是在二〇〇六年，那时他已经在网上呼风唤雨，我还只是一只菜鸟。说来还是我主动与他打招呼，约谈他在网上的文章《大汉开国谋士群》和《百年五牛图》。后来在辽宁出版了《大汉开国谋士群》,《百年五牛图》却落户广西师大出版社。此一段接触,面上是在出版往来,实则在内心中,我凭借多年的职业经验,感到此君言行举止颇有大将风度,未来很有成就一番文化事业的潜质。《诗》云:"嘤其鸣矣,求其友声。"这正是我与梁兄最初结交的深意。我的《一个人的出版史》初稿,梁兄久已知道,阅到部分章节后,大为赞赏,三番五次希望早日出版。他帮助我联系出版社,确定合同,细阅书稿;还约老六(张立宪)在《读库》上发表部分章节,可谓无微不至。时至今日,我时常感叹,我与梁兄关系,起于网络萍水之间,我从文字而知其豪放,他从做事而知我宽厚。另外梁兄说,他从未给别人写过序言,此番却答应为《一个人的出版史》动笔,说来也是第一遭。拜谢!

李忠孝、吴光前和郭明追随我来京,为了这部稿子的整理出版,他们都费了不少心思。还有杨小洲、张万文、曾德明、杨云辉、商务的阿紫、刘忆斯、朱立利、于浩杰、张国际、曹振中、郝付云、慕君黎、张镛……都曾经为此稿出版、传播和修改，投放精力与关注，深致谢意。

最后要感谢周青丰。我初次认识他，是在到京工作之后。有一次，我在《万象》时的旧部董曦阳来看我，青丰与他同来，是我们第一次结识；后来知道，青丰也是梁由之的小兄弟，他在商务印书馆出版梁兄的《梦想与路径》，就显示出超群的魄力和勇气。近些年他在几家大公司做事，编了许多好书，名气渐长。更兼青丰做事稳稳当当，谈话不紧不慢，满身儒雅气质，这些都是做独立出版人的本色。一个人立足于社会靠什么？诚信，水平，能力。这些青丰都有了。因此把稿子交给他，我很放心。

谢过诸位，还有一点说明。由上述可见，此书内容，最初设定为一九八二年至二〇〇二年，共二十一年。此次周青丰接受出版，梁由之与青丰商定，希望我从二〇〇三年始，接着再写出最近十余年的事情。三十几年出版时光，分三册陆续推出，应该更好。实言之，最近十年的"编辑日志"，我确实已经有了资料，只是尚未整理出来。现在只好再努力一下，以求完成梁周二位仁兄美意。不过我想，这样一来，篇幅太大，一定会给青丰带来更多压力，让我颇感不安，在此深深致意！

（《一个人的出版史》后记）

后记

这些天整理二〇一五年文稿，大体有三部分文字：一是读二十五史五行志阅读笔记，为《东方早报·上海书评》写专栏"五行占"。二是为《深圳商报》继续写专栏"我读故我在"，已近百篇。三是其他闲散文字，有报纸、杂志应时文章，有人物专论，有为朋友和自己著作写的前言、后记等，也有十余万字。

现在《五行占》与《我读故我在》两部书稿都已经整理好；而对于那些闲散文字，我整理时却发现，这部分内容最为有趣，其中许多故事让我难以忘怀。

其一是关于《鲁拜集》，我在二〇一五年年初，出版英国人谢泼德著作《随泰坦尼克沉没的书之瑰宝》，此书专门介绍在泰坦尼克沉船上，有一本世界上最昂贵、最美的书《鲁拜集》，桑格斯基设计制作，它随着沉船落入海底。我为《鲁拜集》故事痴迷，一年中出版《伦敦的书店》《鲁拜集》笔记本和《鲁拜集》影印石刻版等书，还希望未来能出版《鲁拜集》更好的版本，最终把沉船中的那本《鲁拜集》复制出来。但是关于桑格斯基的《鲁拜集》，有一个不祥的传说，一直在我心头缭绕，那就是它会给人带来灾难。比如桑格斯基，他在泰坦尼克沉船不久，也因故溺水身亡，时年三十七岁；三十年后，继承者布雷再造出此书，又被德国人烧毁。所以当我动了复制《鲁拜集》的念头之初，就有知情的朋友劝我别做这件事情。需要说明，桑格斯基《鲁拜集》的制作难度有一个标志，即封面上的孔雀数量。一只孔雀是最低端的版本，三只孔雀是顶级作品，泰坦尼克号沉船中的那本即是。二〇一五年，我复制了维德一只孔雀的版本，还用桑格斯基两只孔雀的线图，制作了一个金碧辉煌的笔记本。下一步，三只孔雀的《鲁拜集》，做还是不做呢？这是一个问题。

其二是关于齐格蒙特·鲍曼（Zygmunt Bauman），他是波兰籍犹太人，一生著述六十余种，目前已经年近九十岁，依然笔耕不辍。去年我应朋友之邀，写了四篇相关文章：《鲍曼：文化的是与不是》《时尚：人类社会的永动机》《全球化：现代性追求的挽歌？》和《人口过剩：富人还是穷人？》。回顾这些内容，对照眼下世界大势，我经常为鲍曼的两个观点而惊叹，一个是预言，他说全球化移民和难民潮，最终必将摧毁人类所有的现代性追求。再一个是理想，他的夫人雅丽纳·鲍曼说，在内心中，鲍曼一直是一个社会主义者。但有人问鲍曼："你从马克思那里得到了什么？"他回答："我得到这样一个信仰，即人类的潜能是无限的，它永远不会得到完成。"

其三是这一年，我竟然为别人的著作写了十三篇序言，有周山、梁由之、冷冰川、王强、杨小洲、祝勇、王为松、孙德宏、丁宗皓、王志毅、张国际、眉睫和刘忆斯。年终搁笔，我声称差点累吐血。陆灏开玩笑说："二〇一五年出版界两件奇事：中华徐俊写书名，海豚晓群写序言。"

现在，我将这一年的闲散文字整理成册，起个什么名字呢？我问杨小洲：叫《花甲集》如何？他说太俗气。《杖乡集》语出《礼记》:"五十杖于家,六十杖于乡,七十杖于国。"他说太暮气。我问叫《人书俱老集》如何?语出唐代孙过庭《书谱》:"初谓未及,中则过之,后乃通会,通会之际,人书俱老。"他说太老气,还是叫《人书未老集》吧。我却很喜欢"人书俱老"一词,虽然这里的"书"是说书法,意思却是相通的。只是讲到"通会之际",我却有些不敢当,显然这里的"老"不仅是说岁月,更是说人与书的日臻老到,它正是我一生追求的境界。

怎么办?颠来颠去,最终还是选择"杖乡"一词。人到六十岁,按照中国传统,到了告老还乡的时候,是一种解脱,是一件喜事。就人生旅途而言,"杖乡"只是一个心理定位,天下哪里有真正避世的桃源呢?"我老了":昭告天下只是一种礼节,至于此后的活法如何,却是自己的事情了。

最后感谢沈昌文先生赐序,感谢杨小洲先生赐序。

二〇一六年元旦